IHRE UNBERECHENBARE BRAUT

BRIDGEWATER MÉNAGE-SERIE - BUCH 2

VANESSA VALE

Copyright © 2015 von Vanessa Vale

ISBN: 978-1-7959-0065-2

Dies ist ein Werk der Fiktion. Namen, Charaktere, Orte und Ereignisse sind Produkte der Fantasie der Autorin und werden fiktiv verwendet. Jegliche Ähnlichkeit mit tatsächlichen Personen, lebendig oder tot, Geschäften, Firmen, Ereignissen oder Orten sind absolut zufällig.

Alle Rechte vorbehalten.

Kein Teil dieses Buches darf in irgendeiner Form oder auf elektronische oder mechanische Art reproduziert werden, einschließlich Informationsspeichern und Datenabfragesystemen, ohne die schriftliche Erlaubnis der Autorin, bis auf den Gebrauch kurzer Zitate für eine Buchbesprechung.

Umschlaggestaltung: Bridger Media

Umschlaggrafik: Period Images

HOLEN SIE SICH IHR KOSTENLOSES BUCH!

TRAGEN SIE SICH IN MEINE E-MAIL LISTE EIN, UM ALS ERSTES VON NEUERSCHEINUNGEN, KOSTENLOSEN BÜCHERN, SONDERPREISEN UND ANDEREN ZUGABEN ZU ERFAHREN. SIE ERHALTEN EIN KOSTENLOSES BUCH FÜR IHRE ANMELDUNG! TRAGEN SIE SICH IN MEINE E-MAIL LISTE EIN, UM ALS ERSTES VON NEUERSCHEINUNGEN, KOSTENLOSEN BÜCHERN, SONDERPREISEN UND ANDEREN ZUGABEN ZU ERFAHREN. SIE ERHALTEN EIN KOSTENLOSES BUCH FÜR IHRE ANMELDUNG!

kostenlosecowboyromantik.com

1

AUREL

Noch nie in meinem Leben war mir so kalt. Erst waren meine Finger nur kalt, aber mittlerweile schmerzten sie und fühlten sich taub an. Meine Beine waren wärmer, da ich sie an die Seiten des Pferdes drückte. Vor einer Stunde hatte ich meinen Schal um meinen Kopf gewickelt und unter meinem Kinn zusammengebunden, aber er bot keinen richtigen Schutz vor dem Schnee. Es hatte nur leicht geschneit, als ich den Stall verlassen hatte, aber jetzt waren die Flocken groß und fielen so dicht, dass ich nichts mehr vor meiner Nase erkennen konnte. Der Wind war stärker geworden und wehte den Schnee seitwärts. Die Kälte ging mir bis ins Mark.

Ich hatte mich verirrt. Absolut und hoffnungslos verirrt, was bedeutete, dass ich sterben würde. Beim Aufbruch hatte ich mir Virginia City als Ziel gesetzt. Die Stadt lag zu Pferd nur zwei Stunden von zu Hause entfernt, aber ich war bereits viel länger unterwegs und die Stadt war nirgends zu sehen. Natürlich war nichts zu sehen. Meine Wimpern waren schneebedeckt und es wurde immer schwerer, wach zu bleiben. Es wäre ein Glück einschlafen zu können, besonders wenn es warme, dicke Decken, ein warmes Feuer und einen heißen Tee geben würde. Diese Träumerei änderte aber nichts an meiner Lage. Ich würde sterben. Aus Dummheit.

Aber was hätte ich tun sollen? Hätte ich zu Hause bleiben und mich von meinem Vater als Teil eines Geschäftsabschlusses verkaufen lassen sollen? Mr. Palmer hatte den Verkauf seines Landes zusammen mit mehreren Tausend Rindern im Austausch für mich ausgehandelt. Ja, ich war der Preis. Möglicherweise nicht der Ganze, aber der Mann hatte eine angemessene Summe verhandelt und meinen Vater wie einen Fisch mit einem schön fetten Wurm geködert. Sobald er meinen Vater am Haken hatte, nannte er ihm den wahren Preis. Seine Tochter. Ich hatte in einer Schule in Denver gelebt, seit ich sieben war. Weggeschickt und vergessen für vierzehn Jahre. Vor zwei Monaten wurde dann in einem Brief um meine Rückkehr gebeten. Ich hatte geglaubt, dass mich mein Vater nach all der Zeit wiedersehen wollte und hatte mich törichterweise an diese Hoffnung geklammert. Meine Illusionen waren gestern zerstört worden, als Mr. Palmer zu uns gekommen war, um mich kennenzulernen und die Männer mich über ihren Plan in Kenntnis gesetzt hatten.

Erst jetzt erkannte ich, was ich meinem Vater tatsächlich wert war. Ich war nicht seine *Tochter,* sondern eine Stute, die er an den Höchstbietenden verkauft hatte. Er hatte mich nur holen lassen, um mich mit Mr. Palmer zu verheiraten und sein Geschäft abzuschließen. Ich sollte gegen ein Stück

Land, Vieh und Wasserrechte eingetauscht werden. Ich hatte ihm nie etwas bedeutet. Für ihn war ich nur diejenige, die seine Frau umgebracht hatte. Sie war bei meiner Geburt gestorben, also war ich die Schuldige.

Eheschließungen aus Zweckmäßigkeit fanden im Montana Territorium andauernd statt. Eine Frau konnte ohne einen Mann nicht überleben. Das war selbstverständlich. Aber ich war nicht einmal in Simms gewesen, geschweige denn im Montana Territorium. Ich war ein Mündel der Schule in Colorado gewesen. Auch wenn mir mein Leben nicht gehörte, würde ich keine Schachfigur bei Vaters Verhandlungen um Land sein. Vor allem nicht, wenn der Preis, zumindest für mich, so hoch war.

Mein zukünftiger Ehemann war mindestens fünfzig. Er hatte drei erwachsene Kinder. Zwei von ihnen waren verheiratet und lebten in Simms, das dritte in Seattle. Es hätte vielleicht erträglich sein können, die Frau dieses Mannes zu sein, obwohl ich jünger war als seine Kinder, aber der Mann war kleiner als ich, hatte einen Bauch, der mich an ein Whiskey-Fass erinnerte und mehr Haare auf dem Handrücken als auf seinem Kopf. Am schlimmsten war, dass ihm Zähne fehlten und die, die er noch hatte, waren gelb vom Kautabak. Und er stank. Der Mann war ekelhaft. Wenn er groß, gut aussehend und männlich gewesen wäre, seine Gegenwart mein Herz zum Rasen gebracht und meine Wangen rot gefärbt hätte, dann wäre das alles etwas anderes gewesen. Vater hatte gesagt, dass das Geschäft beschlossene Sache wäre und die Verträge unterschrieben. Nur die Heiratsurkunde fehlte noch, um alles Rechtliche abzuschließen. Und da morgen Sonntag war, sollte das beim Morgengottesdienst erledigt werden.

Aber anstatt Mr. Palmer zu heiraten, würde ich sterben.

Ich, Laurel Turner, entschied mich für einen Tod durch Erfrieren anstatt einen unattraktiven, uninteressanten und übergewichtigen Greis zu heiraten. Meine Wut auf diesen Mann und die Rücksichtslosigkeit meines Vaters bezüglich dessen, was ich wollte, veranlasste mich dazu, dem Pferd die Sporen fester ins Fleisch zu drücken. Möglicherweise könnte ich ein Licht, ein Haus, ein Gebäude, irgendetwas in diesem eisigen Sturm sehen, wo ich Schutz finden könnte. Ich wischte mit meiner tauben Hand ungläubig über meine Augen. War das ein Licht? Ein gelbes Glühen, gedämpft und weich, erschien kurz im Schnee und verschwand dann wieder.

Hoffnung durchflutete mich und ich wendete das Pferd in diese Richtung.

MASON

„Ich werde mehr Holz für Morgen holen", sagte ich zu Brody, der an seinem Schreibtisch arbeitete. Wir befanden uns in der Stube, das Feuer im Ofen wärmte den Raum und das restliche Haus in dieser bitterkalten Nacht. Wind und Schnee brachten die Fenster zum Klappern. Ich zog den dicken Vorhang an einem der Fenster zurück. Alles, was ich sehen konnte, war mein eigenes Spiegelbild und den Schnee, der seitwärts wehte. „Ich nehme an, dass der Holzstapel bis dahin mit Schnee begraben sein wird."

Brody schaute von den Papieren, die er las, auf. „Ist der Kasten in der Küche voll?"

„Ich werde nachsehen und das Feuer vor dem Schlafen schüren."

Mein Freund nickte nur und arbeitete weiter. Im tiefsten Winter gab es auf der Ranch nicht viel mehr zu tun, als sicherzustellen, dass die Kühe in einem solchen Wetter nicht tot umfielen, und sich um die Pferde zu kümmern. Die Tage waren kurz und die Nächte lang. Nur die tüchtigsten Männer überlebten im Montana Territorium, aber für mich, Brody und den Rest der Männer aus unserem Regiment, die die Bridgewater Ranch erbaut hatten, war es ein Zuhause.

Kane und Ian hatten ihre Frau Emma, die ihnen dabei half, die Zeit zu vertreiben und nach dem zu schließen, wie ihr Bauch merklich anwuchs, waren sie ziemlich beschäftigt gewesen. Andrew und Robert hatten Ann und ihren kleinen Sohn, Christopher, um sich zu beschäftigen. Es waren die Junggesellen auf Bridgewater, die die langen Winternächte alleine ertragen mussten. Ich seufzte und fragte mich, ob Brody und ich jemals eine Frau finden würden. Es war keine leichte Aufgabe, eine Frau zu finden, die zwei Männer heiraten würde und das war es, was wir wollten – eine Frau für uns beide. Das war unsere Sitte, die Sitte der Männer von Bridgewater – eine Frau finden, sie zu der Unseren zu machen, sie wertzuschätzen, zu beschützen und für den Rest unseres Lebens zu besitzen.

Ich seufzte, während ich in meinen Lammfellmantel schlüpfte, den Kragen aufstellte und Lederhandschuhe überzog. Heute Nacht würde keine Frau auftauchen, egal wie sehr ich mir das auch wünschte. Als ich die Hintertür aufmachte, traf mich eine Bö der eiskalten Luft mit voller Wucht und wehte Schnee in die Küche. Ich trat schnell nach draußen und schloss die Tür hinter mir, um die warme Luft drinnen zu lassen. Bei milderem Wetter konnte ich die Lichter der anderen Häuser in der Ferne sehen. Heute Nacht allerdings gab es nichts außer schwarz und weiß. Unter dem Dachvorsprung des Hauses befand sich ein

Holzstapel, der groß genug war, um uns über den Winter zu bringen. Ich nahm einige Holzscheite, stapelte sie in meinen Armen, ging nach drinnen, trug sie in die Stube und türmte sie auf dem Ofen auf.

„Brauchst du Hilfe?", fragte Brody, der immer noch an der Arbeit war.

Ich schüttelte meinen Kopf. „Nein, es fehlt nur noch eine Ladung für hier und eine für die Küche. Ich gehe hoch ins Bett, wenn ich hier fertig bin."

„Gute Nacht", antwortete Brody abwesend, da er auf seine Arbeit konzentriert war.

Ich ging noch einmal hinaus in die bittere Kälte und stapelte noch mehr Holz auf meinem Unterarm. Als ich das letzte Holzscheit aufhob, hörte ich das Wiehern eines Pferdes. Ich hielt inne. Alle Pferde waren während des Sturms im Stall. Sie würden in einer solchen Nacht draußen nicht überleben. Es bestand kein Zweifel, dass wir morgen ein oder zwei tote Kühe finden würden. Der Wind wurde stärker, während mir Schnee im Nacken hinunterrutschte. Ich hob meine Schultern an und zuckte wegen der Kälte an meiner Haut zusammen. Ich hörte etwas.

Dort.

Ich hörte es noch einmal. Es war ein Pferd. Dieses Mal war das jammernde Geräusch eher ein Schrei. Ich hatte es schon einmal gehört, ein Pferd, das Schmerzen hatte. Das verletzt war. Ich schaute nach draußen in die Dunkelheit, aber konnte nichts erkennen. Kein Tier, nichts war zu sehen, nur Schnee. Der Schnee reichte bis zu meinen Knöcheln und es bestand kein Zweifel, dass sich über Nacht mehr anhäufen würde. Wenn der Sturm weiterhin so tobte, würde der Schnee am Morgen bis zur Taille reichen. Hatte einer der anderen Männer ein Pferd vergessen? Wanderte es bei diesem Wetter draußen herum?

Ich legte den Stapel Holz zurück, öffnete die Tür und rief Brody. Er kam schnell.

„Ich habe ein Pferd gehört. Ich werde nachsehen."

Brody war überrascht. „Das ist merkwürdig. Könnte der Wind gewesen sein."

„Könnte sein", stimmte ich zu. „Ich muss nachsehen. Ich möchte kein Tier an die Kälte verlieren."

Er hielt eine Hand hoch. „Du brauchst eine Laterne und nimm das Gewehr mit." Er ging zum Gewehrschrank, wo sechs Gewehre vertikal an der Wand aufgereiht waren, bereit für jede Art von Notfall. In Bridgewater bestand immer die Möglichkeit für Gefahr. Brody nahm eines und prüfte den Lauf, bevor er es mir gab. Dann nahm er noch eins für sich selbst.

„Gib mir fünf Minuten und dann schieß", bat ich ihn, damit ich wusste, in welche Richtung ich auf dem Rückweg laufen musste. „Ich werde nicht weit weggehen."

„Verlauf dich nicht. Ich habe keine Lust, dich in diesem verdammten Wetter zu suchen." Er grinste.

Ich konnte ihm keinen Vorwurf machen. Ich wollte auch nicht in dieses Wetter raus. Aber ich hatte ein Pferd gehört. Ich würde nicht schlafen können, wenn ich nicht nachsah.

Nachdem ich das Gewehr über meiner Schulter geworfen hatte, stellte ich meinen Kragen auf und bahnte mir einen Weg durch den Schnee. Nach etwa zehn Schritten hielt ich an und lauschte. Wind, nichts als Wind. Warte! Dort. Ich wandte mich dem Geräusch zu und ging in die Richtung. Eine Minute, dann zwei. Dann noch eine. Bei den Schneeverwehungen kam ich nur langsam voran, zudem musste ich auch gegen den Wind ankämpfen. Dann sah ich es endlich. Das Tier war nur einige Meter vor mir und lag auf seiner Seite. Glücklicherweise hatte es dunkles Fell, sonst hätte ich es wohl übersehen. Ich hockte mich neben seinen Kopf und lauschte seinem schweren Atem, die Augen waren weit aufgerissen und wild. Das Fell des Tiers war sogar in diesem Wetter schweißbedeckt, der Schnee begann an ihm kleben zu bleiben und sich auf ihm anzuhäufen. Die Geräusche, die dem Tier entwichen, waren schmerzerfüllt, fast ein gequältes Schreien. Es trug ein Halfter und die Zügel wurden langsam vom Schnee bedeckt. Ein Sattel. Das bedeutete, dass auch ein Reiter in der Nähe sein musste. Irgendwo.

Ich stand auf und lief schnell im Kreis um das Tier herum, wo ich eine dunkle Masse im Schnee entdeckte. Ein Mann. War er tot? Es wäre keine Überraschung, da ihm entweder die Kälte oder der Sturz zugesetzt hatten. Zum Glück war der Schnee recht tief und hatte den Sturz abgefangen. Während das Pferd qualvolle Laute von sich gab, legte ich meine Hände auf den dunklen Mantel des stillen Reiters. Es war nicht der Körperbau eines breiten Mannes, sondern eine schmale Taille mit breiten Hüften. Eine Frau! Heilige Scheiße. Eine Frau war bei diesem Wetter draußen unterwegs.

Ich drehte sie auf den Rücken und spürte ihre vollen Brüste unter meinen Handschuhen. Ich konnte selbst durch die Lagen der Kleider feststellen, dass es pralle, volle Hügel waren. Ihr Kopf wurde durch einen fest gewickelten Schal geschützt, aber sie hatte dort schon so lange gelegen, dass sie von ein paar Zentimetern Schnee bedeckt wurde. Ich wusste nicht einmal, ob sie tot oder lebendig war. Ich würde keine Zeit damit verschwenden, es jetzt herauszufinden. Sie musste ins Warme und zwar schnell.

Das Pferd war allerdings eine andere Sache. Ich ließ die Frau liegen, ging zum Pferd zurück und schaute an seinen Vorderbeinen hinunter. Da, wie ich es vermutet hatte, war ein schrecklicher Bruch, der Knochen ragte mit einem weißen gezackten Ende aus dem Fleisch. Das Pferd musste in das Loch eines Präriehundes getreten sein. Das kam nicht selten vor und war leider tödlich. Ich nahm das Gewehr und ging zurück zum Kopf des Pferdes, strich über sein weiches Fell und zielte.

Der Schuss schallte in die Nacht hinaus, aber wurde durch den Schnee gedämpft und mit dem Wind davongetragen. Ich bezweifelte, dass irgendwelche anderen Männer als Brody den Schuss hören würden. Wenn doch, dann würden sie auf zwei weitere warten, da unser Notsignal drei Schüsse hintereinander waren. Niemand würde sich ansonsten in dieses Wetter hinauswagen. Es war definitiv tödlich.

Ich konnte keinen weiteren Moment mit dem Pferd vertrödeln. Die Frau war nun meine Sorge. Ich hob sie mühelos hoch, drehte mich um und folgte meinen Fußstapfen zurück zur Tür. Es war nur eine Frage der Zeit bis sie verschwanden. Der Wind war auf dem Rückweg nicht ganz so stark.

„So...kalt", murmelte sie.

Sie lebte!

„Ich habe dich", antwortete ich. „In einer Minute wird dir wieder schön warm sein. Bleib wach für mich, Schatz."

„Du...du riechst gut", lallte sie.

Ich konnte nicht anders, als bei ihren Worten zu glucksen. Sie war offensichtlich nicht bei Sinnen, denn welche Frau würde so etwas in einer solch misslichen Lage zugeben?

Sie war keine schmächtige Frau. Ich konnte ihre Kurven in meinen Armen fühlen. Aufgrund ihrer Bewegungslosigkeit beschleunigte ich meine Schritte. Endlich! Das warme Licht der Küchenlaterne war zu sehen.

„Fast da, Schatz."

Ich trat mit dem Fuß gegen die Tür. Einmal, zweimal.

Brody machte sofort auf. „Was zum Teufel", murmelte er und trat zurück, um mich hereinzulassen.

„Hier. Nimm sie."

Ich übergab sie einem überraschten Brody. Seine Augen weiteten sich, als ich das Wort *sie* aussprach und wurden sogar noch größer, als er ebenfalls ihre weibliche Form spürte.

2
———

RODY

ICH STAND in der Küche und hielt eine Frau im Arm. Fassungslos. Mason war zurück nach draußen gegangen, weil er dachte, dass er ein Pferd gehört hatte – ich hatte geglaubt, dass es der trügerische Ton des Windes war – und dann war er mit einer Frau zurückgekommen. Ja, sie war ganz sicher eine Frau. Ihre Größe, das Gefühl ihrer weichen Kurven, sogar durch ihren Mantel hindurch, ließen keine Zweifel daran aufkommen. Sie war von Kopf bis Fuß bekleidet: Stiefel, langes Kleid, Wollmantel, ein Schal, der tief in ihr Gesicht gezogen war. Ich konnte ihre Haut nicht sehen, ihre Weiblichkeit nur *spüren*. Ihre Kleidung war nichts für dieses wilde Wetter. Was machte sie draußen in diesem Sturm? Warum war sie hier in Bridgewater? Woher kam sie?

„Ist sie tot?", fragte ich Mason, der sich seine

Handschuhe und den Mantel auszog. Sie war eiskalt und der Schnee, der sie bedeckte, ließ ihr Hemd feucht werden.

„Nein", antwortete er schwer atmend.

Das setzte mich in Bewegung. In einer Drehung platzierte ich sie vorsichtig auf dem großen Küchentisch und begann sie von den Lagen ihrer Kleider zu befreien.

Ich wickelte den Schal von ihrem Kopf, ließ das nasse Stück auf den Boden fallen und sie stöhnte. Es ließ mich innehalten. „Ich will nur schlafen", murmelte sie.

Ihr Gesicht war blass, sehr blass, und ihre Lippen waren farblos. Wenn sie jetzt einschlafen würde, könnte sie sterben. Wir mussten sie aufwärmen und wachhalten. „Oh, nein. Nicht schlafen", befahl ich.

Ihre Haare waren feuerrot und im Nacken zu einem Dutt gebunden. Lange Strähnen fielen ihr ins Gesicht. Die Spitzen waren teilweise noch von Schnee und Eis überzogen. Ich berührte ihre Wange. Sie war eiskalt.

„Mmm", machte sie und lehnte ihren Kopf an meine Finger.

Ich schaute zu Mason, der mir gegenüberstand, während die Frau zwischen uns auf dem Tisch lag. „Hol eine Decke aus dem anderen Zimmer. Leg sie zum Aufwärmen auf den Ofen. Der ist jetzt nicht heiß genug, um sie zu verbrennen."

Ihr Leben lag in unseren Händen. Ich ging zu ihren Füßen und zog ihre Stiefel aus. Eis hatte die Schnürsenkel verkrustet. Also nahm ich ein großes Küchenmesser und schnitt sie durch. Ich warf das Messer klappernd auf den Herd und zog erst den einen Stiefel und dann den anderen aus.

„Warte", rief sie und drehte sich auf dem Tisch. „Was machst du da?" Sie öffnete ihre Augen und sah mich verwirrt und verloren an. Ihre Augen waren so grün und so klar.

„Du bist kalt und nass und einige deiner Kleidungsstücke sind eisverkrustet. Wir müssen dich aufwärmen."

Ich wartete nicht und diskutierte auch nicht weiter mit ihr, da es um Leben und Tod ging. Als nächstes waren ihre dicken Socken an der Reihe, die mit einem Band genau über dem Knie festgebunden waren.

Mason kam mit zwei Steppdecken wieder. Eine legte er auf den Ofen und die andere auf den Stuhl neben sich. Er zog flink den anderen Strumpf aus, während ich die Knöpfe ihres Mantels öffnete.

„Wer bist du?", fragte sie und begann zu zittern. Das war ein gutes Zeichen.

„Ich bin Brody und du bist auf unserem Land. Mason hat dich gefunden."

„Danke", sagte sie, „ich dachte, ich würde da draußen sterben."

„Du stirbst uns nicht weg, Liebes", versicherte Mason ihr. „Aber wir müssen dir deine Kleider ausziehen."

Sie schaute uns kopfschüttelnd an. „Nein, das mache ich selbst." Sie versuchte, mit ihren Fingern die Knöpfe ihres Mantels aufzuknöpfen. „Ich...ich kann meine Finger nicht spüren. Sie sind taub."

„Wir helfen dir." Zärtlich schob ich ihre Hände beiseite und machte für sie weiter.

„Gott, du bist wunderschön", murmelte Mason. Er half mir dabei, sie aufzurichten und den Mantel von ihren Armen zu streifen.

„Ich glaube ich habe noch nie Haare in dieser Farbe gesehen", antwortete ich.

„Sie sind rot", grummelte sie.

Sie sagte es so, als ob die Farbe schrecklich wäre. Sie sahen aus wie Feuer und poliertes Gold mit einem Bronzeschimmer. Die Stellen, die feucht waren, waren dunkler, dennoch war es offenkundig, dass sie ziemlich lockig waren, obwohl die meisten Haare in einem Dutt hochgesteckt waren.

Mason hielt ihren Oberkörper fest, während ich mit den Knöpfen an der Vorderseite ihres Kleides zu kämpfen hatte.

„Du solltest nicht —"

„Wie heißt du?", fragte Mason.

„Laurel."

„Laurel, deine Kleidung ist nass und du musst dich aufwärmen. Ist dir nicht kalt?"

Sie nickte und ein weiterer Schauder schüttelte ihren Körper.

„Wir kümmern uns um dich", beruhigte ich sie. „Du bist bei uns in Sicherheit."

Ich fing wieder an mit den Knöpfen zu kämpfen, war jedoch schnell darüber frustriert, dass es so lange dauerte, weshalb ich einfach das Material aufrisse, wodurch die Knöpfe durch den Raum flogen. Darunter trug sie ein Korsett und ich befreite die Korsettstange.

„Das ist nicht angemessen. Ich habe nie...mir ist kalt." Sie war verwirrt und müde und eindeutig mitgenommen von der Kälte. Ihre Sittsamkeit war ein Zeichen dafür, dass sie einigermaßen klar dachte, aber ihr Bedürfnis nach Wärme war stärker als ihre Angst.

„Schh, es ist in Ordnung. In einer Minute ist dir wieder warm", beruhigte Mason sie, ging zum Regal und goss ein kleines Glas Whiskey ein. „Hier, trink das." Er richtete sie auf und hielt den Becher an ihre Lippen. Sie trank einen Schluck, hustete und zuckte bei dem scharfen Geschmack zusammen. „Mehr." Sie schüttelte ihren Kopf, aber er beharrte darauf, dass sie wenigstens zwei weitere Schlucke trank. „Braves Mädchen."

Unter dem Korsett wurde sie nur – spärlich – von einem dünnen Unterkleid bedeckt. Die untere Hälfte des Kleides war nass vom Schnee, der in dem warmen Raum schmolz. Die dunkelgrüne Wolle betonte ihre Haarfarbe und ließ ihre Haut noch blasser wirken. Während Mason sie hielt, zog ich das Kleid über ihre Hüften und ließ es auf den Fußboden fallen.

„Scheiße."

Ich hätte Mason nicht mehr zustimmen können. Wir steckten hier wirklich in großen Schwierigkeiten. Wir schauten uns über den Kopf der Frau hinweg an. Wir hatten auf sie gewartet. *Die Eine.* Sie war kaum noch am Leben und ich wusste es einfach. Wie? Ich hatte keine Ahnung, aber ich konnte es bis ins Knochenmark spüren.

Ich schaute zu meinem Freund und er nickte mir kurz zu.

Erleichterung durchflutete mich bei seiner stillschweigenden Bestätigung.

Die Haut ihrer Beine fühlte sich eiskalt an. „Fast fertig, Schatz."

„Ihre Finger und Zehen sind noch nicht schwarz, also hat sie noch keine Erfrierungen davongetragen. Gott sei Dank", murmelte Mason.

Ich zog an dem Saum ihres Unterkleids. „Das ist feucht. Es muss weg."

„Nein, ich brauche meine Kleidung", antwortete sie und versuchte, ihr Unterkleid an sich zu drücken.

Mason strich ihr mit der Hand übers Haar. „Schh, wir haben eine warme Decke für dich."

„Oh", stöhnte sie. Der Gedanke schien ihr eindeutig zu gefallen.

„Keine nassen Kleider, Schatz. Wir ziehen dir dein Unterkleid aus und wickeln dich in eine schöne, warme Decke." Ich versuchte, so sanft wie möglich zu klingen, aber ich war nicht für meine Sanftmütigkeit bekannt. Laurel benötigte diese allerdings, also hielt ich mich für sie zurück.

Ich zog sie schnell aus und ich konnte nicht anders, als ihre wundervollen Kurven zu betrachten, bevor Mason sie in die Decke wickelte und mit dem weichen Stoff über sie rieb, um sie schneller aufzuwärmen.

„Das fühlt sich so gut an", seufzte sie, als sie sich auf dem Tisch liegend an Masons Brust schmiegte. Sie war nicht so klein, wie sie in meinen Armen gewirkt hatte. Ich schätzte, dass sie durchschnittlich groß war und üppige Kurven hatte. Sie hatte keine spitzen Knochen, aber sehr pralle Brüste, deren Nippel hart und lachsfarben waren. Ich hatte sie in den wenigen Sekunden gesehen, bevor sie wieder bedeckt worden war. Auch ihre Hüften waren üppig und voll, als ob sie für die Hände eines Mannes erschaffen worden wären. Ich hatte sogar einen schnellen Blick auf die Haare, die ihre Pussy versteckten, werfen können. Sie waren eine Spur dunkler als ihre Haare auf dem Kopf und stellten einen auffallenden Kontrast zu ihrer blassen Haut und dem rosafarbenen Fleisch dar, das nur leicht zu sehen gewesen war. Mason hob sie in seine Arme und sie legte ihren Kopf an seine Schulter, als er sie in die Stube trug. Er setzte sich in den Stuhl neben dem Feuer und ich folgte ihm mit der aufgewärmten Decke.

Ich breitete sie aus, wickelte sie um sie bis sie komplett bedeckt war und nur noch ihr Gesicht herausschaute. Schweißperlen sammelten sich auf Masons Augenbraue, was bedeutete, dass seine Wärme auf sie abstrahlen würde. Ich setzte mich auf den Platz gegenüber von ihnen und beugte mich, mit meinen Ellbogen auf die Knie gestützt, nach vorne.

„Ist das besser?", fragte Mason.

„Ja, du bist so warm. Du hast mich gerettet."

„Wir werden dich warmhalten, Schatz", versicherte er ihr und streichelte ihr mit seinem Handrücken über die Wange. „Sie hat wieder Farbe im Gesicht", sagte er zu mir.

Ihre Lippen waren nun pink und nicht mehr blau. Ein gutes Zeichen. Sie schloss ihre Augen.

„Ich bin so müde", seufzte sie. Der Whiskey half höchstwahrscheinlich dabei.

„Schlaf jetzt. Ich bin da. Brody und ich kümmern uns um dich."

„Ich bin in Sicherheit?", fragte sie mit zarter Stimme.

Mason küsste sie auf den Scheitel. „Wir lassen nicht zu, dass dir etwas passiert."

Wir betrachteten sie beide für eine Minute. Ihre Muskeln entspannten sich, als sie in den Schlaf sank. Sie war nicht mehr in Gefahr und musste sich jetzt aufwärmen und ausruhen.

„Ich hörte einen Schuss", sagte ich mit gesenkter Stimme.

Mason blickte auf und sah mich an. „Sie war auf einem Pferd unterwegs. Anscheinend ist das Pferd in ein Loch getreten und hat sich das Bein gebrochen. Sie wurde abgeworfen. Ein Schneehaufen hat ihren Sturz gedämpft. Ich musste das Tier erschießen."

„Wie weit weg vom Haus?"

Er schüttelte seinen Kopf und überlegte. „Hundert Meter, vielleicht ein wenig weiter. Ich konnte da draußen nichts erkennen, um es genau sagen zu können. Ich bin einfach nur meinen Fußspuren zurück gefolgt."

„Ich frage mich, wo sie herkam und warum zum Henker

sie da draußen war?" Ich sah auf sie hinab. Lange Wimpern lagen auf ihren blassen Wangen.

„Wir werden genug Zeit haben, das herauszufinden. So wie der Wind weht, wird sie für eine Weile nirgendwo hingehen."

„Sie wird nirgendwo hingehen. Niemals. Einverstanden?"

Mason nickte. „Einverstanden."

LAUREL

Ich lag warm auf meiner Seite zusammengerollt und wollte nicht aufwachen. So schlecht ich darin gewesen war, die Zügel des Pferdes festzuhalten, so richtig war es gewesen, einzuschlafen. Die Kälte war weg. Meine Finger und Zehen waren nicht mehr taub. Schnee und Wind brannten mir nicht mehr auf den Wangen. Meine Kleider waren nicht mehr nass. Tatsächlich trug ich gar keine Kleider mehr. Warum war mir dann so warm? Etwas Hartes drückte gegen meinen Rücken und etwas Warmes berührte mich an der Vorderseite.

Ich streckte mich und stieß gegen einen starken, sehr warmen, leicht behaarten—

Ich riss meine Augen auf und da, nur wenige Zentimeter von meinem Gesicht entfernt, lag ein Mann. Blonde Haare, die für einen Haarschnitt ein paar Monate überfällig waren, blaue Augen, volle Lippen.

„Oh!", keuchte ich, wich zurück und als ich mich umdrehte, fand ich mich überraschenderweise Gesicht-an-

Gesicht mit einem anderen Mann. Mein Herz schlug mir bis zur Kehle. „Oh!"

Ich war von Männern umzingelt. Ich erinnerte mich wieder an alles. Ich war in den Schnee gefallen, war hineingetragen worden, Männer hatten mit mir gesprochen, mir meine nassen Kleider ausgezogen, mich aufgewärmt. Ich konnte mich an den Whiskey, die heiße Decke und das Gefühl, gehalten zu werden, erinnern. Ich hatte mich in den Armen der Männer sicher, warm und geborgen gefühlt. Sie sorgten sich um mich und konzentrierten sich nur darauf, mich aufzuwärmen. Sie waren...freundlich und hatten mir ihren Schutz angeboten.

„Alles ist in Ordnung. Du bist in Sicherheit." Der Mann, den ich jetzt ansah, hatte schwarze, kurze Haare, einen ordentlich gestutzten Bart und ebenfalls dunkle Augen. Seine Stimme war tief, aber der Klang war beruhigend. Und er lag in meinem Bett.

„Wir werden dir nicht weh tun", versprach der andere Mann. Ich schaute über meine Schulter zu ihm. „Kannst du dich an uns und die letzte Nacht erinnern?" Er hielt meinen Blick gefangen und ich nickte. Sie sprachen mit ungewöhnlichen Akzenten, nichts, was normalerweise in dieser Gegend zu hören war. Jedenfalls kannte ich niemanden, der so sprach. Ich hatte das bereits letzte Nacht bemerkt, aber da war ich nicht ganz bei Verstand gewesen.

Ich konnte nicht hierbleiben. Ich musste aufstehen und abhauen. Das hier war nicht anständig. Ich war im Bett – nackt – mit zwei fremden Männern!

Ich richtete mich auf. Beide Männer lagen auf ihren Seiten und sahen mich an. Meine Bewegung offenbarte ihre breiten Schultern, nackten Oberkörper und muskulösen Arme. Ich zog das Bettlaken und die Decke über meine Brüste, um meine Sittsamkeit zu bewahren, allerdings half es nicht dabei, meinen Rücken zu bedecken. Ich konnte kühle Luft auf meiner Haut spüren und beobachtete, wie sich ihre Blicke senkten.

„Oh!" Ich zog meine Knie an und versuchte, aus dem Bett zu krabbeln, nur um gleichzeitig zwei Dinge festzustellen. Das Erste war, dass sie die Bettwäsche sicher festhielten, wodurch sie verhinderten, dass ich mich wegbewegte. Das Zweite war, dass ich ihnen meinen Hintern zeigte und wenn sie den sehen konnten, konnten sie auch meinen entblößten Schoß sehen.

Ich hätte nackt aus dem Bett klettern können, aber mir wurde bewusst, dass ich dann nichts hätte, mit dem ich meine Nacktheit bedecken könnte. Ich konnte so, wie ich war, nicht aus dem Zimmer laufen. Ich hatte also keine andere Wahl, als mich wieder hinzulegen und die Bettdecke mit einem Seufzer bis unter mein Kinn zu ziehen. Ich entschied mich dazu, mich mit Worten aus dieser ungehörigen Situation zu befreien.

Ich musste im Bett bleiben, um meine Tugend zu wahren. *Sie* mussten gehen. Das sagte ich ihnen auch.

„Nein." Der Blonde schüttelte langsam seinen Kopf. Seine Augen waren schwer und seine Wangen liefen rot an. „Du warst halb erfroren, als Mason dich gefunden hat. Fast tot. Wir haben dich aufgewärmt und die ganze Nacht auf dich aufgepasst." Seine Stimme klang rau, während er mich anstarrte. Nein, er starrte auf meine Lippen.

„Wir müssen uns vergewissern, dass es dir gut geht, da du einfach eingeschlafen bist." Der Dunkelhaarige stützte seinen Kopf auf seinen Ellbogen und schaute auf mich hinab. Die Decke bedeckte seinen Körper nicht so gut wie meinen. Ein Fleck dunkler Haare bedeckte seine Brust und ich fragte mich, ob sie sich weich anfühlen würden. Der Fleck wurde schmaler und verjüngte sich zu einer Linie, die bis zu seinem Bauchnabel führte, bevor sie unter der Decke verschwand. „Hast du dir den Kopf gestoßen, als du vom Pferd gestützt bist? Hast du irgendwelche Schmerzen? Sind deine Finger und Zehen noch taub?"

Ich bemerkte, dass meine Augen an unangebrachte Stellen wanderten und hob meinen Blick, um ihn anzusehen. „Mir geht es jetzt ziemlich gut, Danke. Keine Schäden", antwortete ich in dem Versuch, ihn von meinen Handlungen abzulenken.

Es funktionierte nicht. Er lächelte mich wissend an. Ich war erwischt worden. Meine Wangen wurden heiß. Anstatt kalt zu sein, war mir übermäßig warm. Diese Männer waren wie gusseiserne Öfen, von denen reichlich Hitze ausging. Unter der Steppdecke wurde es mir zu warm, aber ich konnte sie *nicht* wegschieben.

Er hob eine Hand in meine Richtung und ich zuckte zusammen, als seine Finger sehr sanft über meine Haare strichen. Er hörte nicht auf, während er sagte: „Schh, keine Angst."

„Ich bin Mason", stellte sich der mit dem Bart vor. Seine Hand kam unter der Bettdecke hervor und ich erschrak, als seine warmen Fingerspitzen über meine Schulter rieben. „Und der Typ ist Brody."

„Wie geht es dir?", fragte ich höflich und räusperte mich. „Vielen Dank, dass du mich gerettet hast, aber ich sollte mich auf den Weg machen." Ich redete so, als ob sie die Tür in einem Laden blockierten und mich nicht in einem Bett umringten.

Masons Hand an meiner Schulter hielt mich hartnäckig, wenn auch sanft, zurück. Brody fuhr damit fort, meine Haare zu berühren, als ob er die Farbe noch nie zuvor gesehen hätte. Ihre Berührungen waren so zärtlich wie in der vorangegangenen Nacht und ihre Stimmen beruhigten mich auf eine Art und Weise, wie ich es noch nie erlebt hatte. Es überraschte mich sehr, welche Zärtlichkeit sich in diesen zwei Fremden fand.

„Und welcher Weg ist das?" Mason hob fragend eine Augenbraue.

„Ich...ähm, nun ja, Richtung Virginia City."

Brody runzelte die Stirn und seine Hand hielt in meinem Nacken inne. „Von Simms aus sind das zu Pferd mehrere Stunden und wir befinden uns noch weiter nördlich."

„Dann muss ich mich erst recht beeilen, da ich ohnehin schon spät dran bin." Ich war eine schreckliche Lügnerin, besonders in einer Zwangslage. Nackt neben zwei Männern im Bett zu liegen, war definitiv eine Zwangslage.

„Erwartet dich jemand? Niemand würde annehmen, dass du in solch einem Sturm auf Reisen bist", kommentierte Mason. „Sie werden denken, dass du zu Hause in Sicherheit bist und werden deine Ankunft erwarten, wenn die Straßen wieder passierbar sind."

Die Hände beider Männer streichelten mich wieder. Mason strich mir am Arm hoch und runter und Brody ahmte seine Bewegungen an meinem anderen Arm nach. Ich umklammerte die Decke an meinem Hals und versuchte zu ignorieren, wie sich ihre Hände anfühlten. Noch nie zuvor hatte mich ein Mann auf diese Art und Weise berührt, bekleidet oder nicht. Selbstverständlich war ich vorher auch noch nie in einem Bett mit einem Mann, geschweige denn zwei Männern, gewesen.

Masons Hand ruhte an meinem Ellbogen. „Ein Ehemann? War er mir dir unterwegs? Ich habe sonst niemanden gefunden."

Brody hörte bei dieser Frage auf, sich zu bewegen und sie sahen mich genau an.

Ich könnte lügen und sagen, dass ich verheiratet war, aber dann müsste ich einen Ehemann erfinden und das war der Grund, weshalb ich überhaupt von zu Hause weggelaufen war. Es könnte auch sein, dass sie sich dann wegen einer Lüge in das gefährliche und raue Wetter wagen würden, um eine erfundene Person zu suchen.

Außerdem wollte ich nicht, dass sie dachten, dass ich eine Frau war, die ständig mit wildfremden Männern ins Bett sprang. Diese Situation war...höchst ungewöhnlich.

„Oh, nein. Kein Ehemann. Das wäre höchst unangebracht von mir, wenn ich mit einem Mann verheiratet wäre, während ich mit...zwei anderen Männern im Bett bin."

Beide Männer entspannten sich sichtlich und ihre Hände fingen wieder an, über meine Haut zu streicheln. Ich bekam eine Gänsehaut. Ihre Bewegungen sollten mich beruhigen, aber es fiel mir schwer, mich in einer solchen Situation zu entspannen.

„Ähm...wo bin ich?"

„Bridgewater. Das ist unsere Ranch."

„Warum liege ich mit euch im Bett?" Wie könnte ich das am besten formulieren? „Mit...euch beiden?"

3

AUREL

Ich erinnerte mich daran, wie ich in eine warme Decke gewickelt worden war und auf einem Schoß gekuschelt hatte. Ich erinnerte mich daran, dass mir eine Hand über die Wange gestrichelt hatte, über meine Haare, und mir ein Kuss auf den Scheitel gedrückt worden war. Es hatte sich so gut angefühlt, tief im Innern zu wissen, dass ich in Sicherheit war. Sogar jetzt fühlte ich mich zwischen den beiden sicher. Trotzdem brachten sie mich zum Nachdenken. „Das hier ist nicht nur unziemlich, sondern auch ziemlich sonderbar."

„Hier in Bridgewater ist es nicht ungewöhnlich, dass eine Frau von zwei Männern umsorgt wird. Tatsächlich ist es hier normal. Wir glauben an die Sitten aus dem Osten, wo eine Frau mehrere Ehemänner hat."

Mehrere Ehemänner? „Von so etwas habe ich noch nie gehört", antwortete ich.

„Wie du an unserem Akzent erkennen kannst, sind wir Briten. Wir waren mit unserem Regiment in Mohamir stationiert. Dort war es die kulturelle Norm. Die Ehe schützt die Frau. Sie ist in Sicherheit und wird geschätzt, wenn sie mehreren Männern gehört", erklärte Mason.

„Eine Frau zu schätzen, ist das, was ein Ehemann tun sollte", fügte Brody hinzu.

Ich fühlte mich unglaublich unwohl. Ihre überraschende Geschichte über mehrere Ehemänner machte die Situation noch ungewöhnlicher. „Ihr teilt euch eine Frau? Findet sie es nicht...ähm, findet sie es nicht seltsam, dass ihr mit mir im Bett liegt? Oder ist das auch eine kulturelle Norm?"

Mason kniff seine Augen zusammen. „Ich verzeihe dir deine ignoranten Worte, aber glaub nicht, dass du unseren Charakter und unsere Ehre beschmutzen kannst, indem du andeutest, dass wir eine Ehefrau dadurch beschämen würden, mit einer anderen Frau ins Bett zu steigen."

„Wir sind Junggesellen. Keine Frau", stellte Brody klar.

War es dann also angemessen, dass sie mit mir im Bett lagen? Das war ein Gesprächsthema, das mir nicht nur fremd, sondern auch sehr unangenehm war.

„Wenn ich meine Kleider bekommen könnte und vielleicht würdet ihr so freundlich sein, mir eine einfache Mahlzeit anzubieten, dann kann ich euch wieder zu euren Aufgaben zurückkehren lassen." Ich musste von diesen gut aussehenden Männern wegkommen. Ihre Berührungen hätten abstoßend sein sollen, so wie die Vorstellung, dass mich Mr. Palmer berührte, aber das waren sie nicht. Tatsächlich war genau das Gegenteil der Fall. Sie fühlten sich gut an. Sanft. Warm. Freundlich. *Sehr* aufmerksam.

„Es schneit noch und es ist nicht sicher, zu reisen. Wir haben dich gerade erst vor dem Erfrieren gerettet, Schatz. Wir haben nicht vor, dich wieder da rausgehen zu lassen. Außerdem ist dein Pferd...es tut mir leid, aber ich musste es erschießen." Masons Stimme war zärtlich und er beobachtete mich genau. Er runzelte besorgt die Stirn.

Ich hatte das Tier ganz vergessen. „Das Pferd, oh. Was ist passiert?"

„Ich glaube, das Pferd ist in ein Loch getreten. Es war im Schnee nicht zu sehen und daher schnell passiert. Es hat sich das Bein gebrochen. Ich hörte seine schmerzerfüllten Schreie, als ich rausgegangen bin, um mehr Holz zu holen."

„Das Pferd hat dir das Leben gerettet", fügte Brody hinzu.

Das arme Ding. Es hätte sicher im Stall mit einem Eimer voll Hafer stehen sollen, aber stattdessen war es mit mir weggeritten, weil ich fortwollte. Jetzt war es tot und alles nur weil ich so töricht gewesen war, bei diesem schlechten Wetter rauszugehen. Tränen schnürten mir die Kehle zu und brannten mir in den Augen. Ich hatte keine Wahl gehabt. Wenn ich im Bett geblieben wäre, würde ich jetzt höchstwahrscheinlich mit Mr. Palmer vor dem Altar stehen. Egal in welche Richtung meine Gedanken gingen, alles, was ich sehen konnte, war eine Krise. Mr. Palmer. Zwei Fremde im Bett. Das Pferd, das verletzt worden war. Dann starb. Es war alles zu viel. Ich begann zu weinen. Brody drehte mich zu sich und zog mich an sich, so dass ich mich an seiner Schulter ausweinen konnte. Seine Hände strichen beruhigend über meinen Rücken und beide Männer flüsterten mir zu. Obwohl mein Weinen zu laut war, um ihre Worte zu verstehen, beruhigte es mich.

Brodys Haut fühlte sich an meinem Gesicht warm an und die dünnen Haare seiner Brust kitzelten meine Nase.

Sein Geruch war sauber und herb. Männlich. Hände strichen durch meine Haare und lehnten meinen Kopf nach hinten. Weiche Lippen berührten meine Stirn, meine Wangen und meinen Kiefer, bevor sie sich dann gegen meinen Mund drückten.

Ich wurde geküsst!

Seine Lippen waren warm, weich und berührten mich zärtlich, bevor seine Zunge über die Wölbungen meines Mundes leckte. Ich war überrascht und musste nach Luft schnappen, als Brodys Zunge sich den Weg in meinen Mund bahnte und meine Zunge berührte. Meine Hände wanderten über seine harte, stählerne Brust. Seine Hand glitt meinen Rücken hinunter, um meinen Hintern zu umfassen. Nein. Das konnte nicht sein, weil seine Hände doch in meinen Haaren waren. Dann bedeutete das...

Mason.

Brody neigte meinen Kopf zu Seite und eroberte meinen Mund. Es gab kein anderes Wort dafür. Meine Sinne auch. Ich war noch nie zuvor geküsst worden und hatte mir vorgestellt, dass es nur ein trockenes, bedächtiges Küsschen sein würde. Ohne Zunge. Ich hatte keine Ahnung gehabt, was ein Mann mit seiner Zunge in meinem Mund anstellen könnte. Es war...unbeschreiblich.

Warum fühlte ich mich so? Mir sollte nicht so heiß sein. Ich sollte wegen dieser Männer nicht so erregt und kribbelig und schmerzerfüllt sein. Wegen dieser *Fremden*. Aber sie schienen nicht wirklich fremd zu sein, denn, obwohl ich in der Nacht zuvor ziemlich verwirrt und apathisch gewesen war, hatte ich spüren können, dass sie sich um mich gekümmert und mich beschützt hatten. Mich gewärmt hatten. Ich war festgehalten worden und dadurch hatte ich mich sicher gefühlt, so sicher, dass ich in den Armen eines Fremden eingeschlafen war. Ein Fremder war jemand Unbekanntes, jemand, zu dem man eine vorsichtige und zurückhaltende Distanz bewahrte. Aber bei diesen Männern gab es keine Distanz. Die Vorsicht war da, aber es war nicht wegen der Männer, sondern wegen der Gefühle, die sie in mir auslösten. Ich zog meinen Kopf zurück und sog die Luft in meine Lungen, die mir Brody weggeküsst hatte. „Wir müssen aufhören. Das...das ist nicht richtig. Es fühlt..."

Ich spürte Brodys Lächeln eher, als dass ich es sah. „Nein, Schatz. Das hier ist sehr, sehr richtig. Hat es sich nicht gut angefühlt, als ich dich letzte Nacht gehalten habe? Erinnerst du dich daran, dass ich gesagt habe, du seiest bei uns in Sicherheit?"

Ich nickte.

„Du bist immer noch in Sicherheit. Wir kümmern uns immer noch um dich, aber hier in diesem Bett kümmern wir uns auf eine andere Art und Weise um dich." Er wischte mir mit seinen Daumen die Tränen von den Wangen, bevor er mich wieder küsste. Mason rutschte näher zu mir, so dass seine Vorderseite gegen meinen Rücken drückte, während seine Lippen über meine Schulter glitten. Ich konnte die weichen Stoppeln seines Barts an meiner Haut spüren. Ganz anders als Brodys Mund. Seine Hand ruhte auf meiner Taille.

Ich konnte ihre Berührungen nicht auseinanderhalten. Ihre Hände waren überall. Eine Hand war hinter meinem Knie und hob mein Bein auf Brodys Hüfte, zog es ran und hielt es. Der Griff lockerte sich nicht.

Ein Finger strich über meinen Schoß und ich schrie überrascht auf. Ich versuchte meine Beine zu schließen, aber Brodys Hand – es musste seine gewesen sein – hielt mich fest.

„Was...was machst du da?", fragte ich an Brodys Mund.

Sein Geschmack war so wundervoll wie sein Duft. Der Kuss verringerte meinen Widerstand und entspannte die Muskeln in meinem Körper.

„Ich spiele mit deiner Pussy", murmelte Mason, als er an der Stelle knabberte, an dem meine Schulter in meinen Hals überging. Sein Bart war weich und kratzte an meiner Haut.

Ein Stöhnen entwich meinen Lippen.

„W...warum würdest du mich da berühren wollen?"

„Du hast uns einen kleinen Einblick gegeben und ich konnte nicht widerstehen. Diese hübschen roten Locken lassen die Lippen deiner Pussy nur erahnen."

Seine Worte waren primitiv, geschmacklos. Ehrlich. Aber ich konnte nicht weiter darüber nachdenken. Irgendwie war sein Finger – sein ungehobelter Finger – damit beschäftigt, Dinge mit mir zu tun, die meine Gedanken zu Brei werden ließen.

Eine Hand umfasste meine Brust. „Ah, Mason, du wirst ihre Brüste lieben. So üppig und ihr Nippel, er hat sich gerade an meiner Hand zusammengezogen."

„Ich kann es nicht abwarten, aber ich bin mit ihrer Pussy beschäftigt. Sie ist so feucht, dass sie förmlich tropft."

Ich erschrak. „Ich bin feucht? Was tropft? Etwas stimmt nicht. Nein. Du solltest aufhören."

„Schatz, mit dir ist alles in Ordnung." Brodys Finger zogen an meinem Nippel und ich wölbte meinen Rücken. „Du bist erregt und deine Pussy bereitet sich auf einen Schwanz vor."

Ich schüttelte meinen Kopf. „Nein. Keine...Schwänze. Ich bin eine Jungfrau. Ich kann das nicht zulassen, nein", stotterte ich.

„Kein Schwanz bis du verheiratet bist", stimmte Mason

mit tiefer Stimme zu. „Bis dahin darf überhaupt nichts in deine Pussy."

Meine Muskeln entspannten sich. „Dann sind wir fertig."

Brody lehnte seinen Kopf so weit nach hinten, dass ich sein Gesicht sehen konnte. Helle Augen, in denen Zärtlichkeit und Begehren lagen. Verlangen. „Wir sind noch lange nicht fertig."

Als Brody das sagte, berührte mich Mason an einer Stelle, die mir das Gefühl gab vom Blitz getroffen zu werden und eine brennende Hitze schoss durch meinen Körper. „Oh mein Gott", stöhnte ich.

„Ihre Klitoris ist hart."

„Ihre Nippel wurden in meiner Handfläche hart. Mach es noch einmal."

Die Männer sprachen über meinen Körper, als ob er ihnen gehörte, als ob es ihnen freistünde, ihn zu berühren und zu bearbeiten. Denn sie bearbeiteten meinen Körper mit großem Eifer. Ich hatte keine Ahnung, dass solche Gefühle empfunden werden konnten. Und da, zwischen meinen Beinen, war ich feucht. Das Geräusch von Masons Finger, der dort hindurch glitt, war laut in dem Raum. Als seine Finger erneut an dieser Stelle – Klitoris, wie er sie genannt hatte – über mich strichen, schloss ich meine Augen und ließ meinen Kopf gegen seine Schulter fallen. Ganz plötzlich fühlte ich mich überhitzt.

„Schau, so perfekt", kommentierte Brody und fuhr damit fort, mit meinem Nippel zu spielen.

Mason küsste meinen Hals entlang und Schauer rieselten über meinen Rücken. Ich wusste nicht, dass ich gleichzeitig zittern und mich doch so warm fühlen konnte. Wie konnte ein Bart so...sinnlich sein? Er musste nach unten geschaut haben, was Brodys Hände machten. „Wunderschön. So reaktionsfreudig. Zwick sie."

Brody tat es und ich stöhnte. Das Gefühl war eine Mischung aus Schmerz und Lust.

„Sie mag ein bisschen Schmerz", stellte Brody fest.

Ich war verloren. Komplett und absolut verloren an, was auch immer es war, das diese beiden Männer mit mir machten. Ich wusste, dass es falsch war. Mir war von meinen Lehrern in der Schule eingebläut worden, dass ich mich den Aufmerksamkeiten eines Mannes nicht hingeben sollte. Ich wusste, dass mich erst recht nicht *zwei* Männer auf diese Art und Weise – oder überhaupt – berühren sollten. Aber mir blieb nichts anderes übrig, als mich zu ergeben. Nicht weil ich nicht glaubte, dass sie aufhören würden. Tief in mir drin wusste ich, dass diese Männer ihre Zuwendungen zügeln würden, wenn ich wirklich darum bitten würde. Ich konnte nur nachgeben, weil es sich...so...gut anfühlte. Masons Finger spielte weiterhin mit meiner Klitoris, rieb deren Seiten so, dass ich meine Hüften zu bewegen begann, als ob ich versuchte, etwas zu erreichen. Mein Mund klappte auf und mein Atmen entwich stoßweise.

„Es ist zu viel. Oh. Bitte!" Ich versteifte mich in ihren Armen, da die überwältigenden Gefühle, die sie in mir auslösten, neu für mich waren. Ich hatte noch nie zuvor solche Gefühle verspürt. Ich war außer Kontrolle. Mein Körper kletterte und kletterte immer weiter auf...etwas zu und es war beängstigend. Ich bohrte meine Finger in Brodys Arme.

„Das ist es, Schatz. Schh. Wir sind da. Du wirst kommen und wir sind hier um dich aufzufangen", murmelte Brody.

„Du bist in Sicherheit", fügte Mason hinzu, während er meine Klitoris mit noch größerem Eifer bearbeitete. Ich konnte es nicht länger ertragen. Es half, dass sie mir versicherten, dass sie mich festhalten, auf mich aufpassen und mich beschützen würden. Ich entspannte mich und die Lust war so intensiv, dass ich in Millionen kleine Stücke zersplitterte. Es war, als ob mein Körper zusammengehalten worden war und mich ihre Berührungen zerbrochen hatten. Ich konnte nichts anderes tun, als mich dem hinzugeben. Das Gefühl war einfach nur atemberaubend und ich wollte, dass es niemals endete.

4

Mason

Sie hatte sich in unseren Armen so wunderschön gehen lassen. Ihre Erregung benetzte meine Hand, so heiß, so feucht. Ich bewegte mich und zog Laurel mit mir, so dass sie wieder auf dem Rücken zwischen uns lag. Ich stützte mich auf meinem Ellbogen ab, führte meine tropfenden Finger zu meinem Mund und leckte ihre Essenz von den Fingerspitzen. Sie schmeckte so süß, dass mir das Wasser im Mund zusammenlief und den Wunsch in mir weckte, an ihrem Körper hinabzugleiten und von ihrer Erregung direkt an der Quelle zu kosten. Mein Schwanz war so hart, dass er pochte und sich verzweifelt danach sehnte, tief in sie einzudringen und sie zu erobern. Aber nicht jetzt. Ich musste warten. *Wir* mussten warten. Wie sie schon gesagt hatte, hob sie sich ihre Jungfräulichkeit für die Ehe auf. Und das würde geschehen, sobald sich das Wetter besserte, wir den Friedensrichter oder den Pfarrer zur Ranch bringen und das „Ich will" sprechen konnten, und keine fünf Minuten später.

Die Decke war an ihrem Körper heruntergerutscht, als sie aufgeschrien hatte und ich hatte die Decke zu ihrer Taille gezogen, als Brody sie mit seinen Nippel-Spielchen abgelenkt hatte. Ihre Haut war so blass, dass hellblaue Venen zu sehen waren und so seidenweich, dass ich Sorge hatte, ich könnte sie mit meinen rauen Händen beschädigen. Als sie uns versehentlich ihren Arsch und einen Hauch ihrer Pussy gezeigt hatte, wäre ich fast gekommen. Ihre Haare waren feuerrot. Überall.

Und jetzt, jetzt lag sie mit geschlossenen Augen da, befriedigt, mit einem leichten Lächeln auf den Lippen und nahm absolut nichts zur Kenntnis außer ihren ersten Orgasmus – sogar die Tatsache, dass sie bis zur Taille nackt war, entging ihr. Es bestand kein Zweifel, dass dies ihr erstes lustvolles Vergnügen gewesen war. Sie hatte zu viel Angst davor gehabt, war zu überwältigt von der Intensität gewesen, als dass es ein bekanntes Ereignis für sie hätte sein können.

Ihre Haare lagen in einem Wirrwarr auf dem Kissen, so lang, so dick. Ihre Wimpern waren so lang, ihr...Ich verwandelte mich beim bloßen Anblick dieser nackten Frau in einen Romantiker. Sie war nicht die Erste, die ich gesehen hatte, aber definitiv die Letzte. Sie gehörte zu uns.

„Was war das?", fragte sie mit einer Stimme, die so weich und träge war wie Honig.

„Das waren deine Männer, die dir Vergnügen bereitet haben."

Sie öffnete die Augen und in dem Moment, in dem sie wieder in der Realität ankam, brach sie in Panik aus. Dann bemerkte sie, dass sie bis zur Taille nackt war. Zu sagen, dass ihre Brüste wunderschön seien, wäre untertrieben. Sie waren groß, etwa eine Hand voll, mit plumpen, lachsfarbenen Nippeln. Ihre Figur war kurvig und üppig und als ich meine Hände über sie gleiten ließ, waren ihre Kurven weich und reichlich, etwas, an dem man sich beim Ficken festhalten konnte.

Sie setzte sich auf und verschränkte die Arme vor der Brust, um sie zu bedecken. Ihre Haare fielen lang und wild über ihren Rücken und berührten das Laken hinter ihr. „Ich hätte euch solche Freiheiten nicht erlauben dürfen. Das ist nicht richtig."

Brody legte sich nach hinten auf sein Kopfkissen und einen Arm hinter seinen Kopf. Ich richtete mich auf, um neben ihr zu sitzen, da ich sehr viel weniger besorgt um Sittlichkeit war als sie. „Warum ist es nicht richtig?", wollte ich wissen.

„Ich kenne euch nicht und wir haben...ihr..." Sie konnte nicht die richtigen Worte finden, um ihre Gefühle und die Gründe, weshalb das, was wir getan hatten, falsch war, zu beschreiben. Sie wusste einfach, dass es so war.

„Hat es sich falsch angefühlt, als ich dich letzte Nacht gehalten habe?"

Sie schüttelte den Kopf.

„Hattest du Angst?"

Sie leckte sich über ihre Lippen. „Nein, mir war so kalt, ich hatte solche Angst, zu sterben und dann warst du da."

„Es hat sich richtig angefühlt, nicht wahr, Schatz?", fragte ich. „Da ist etwas Besonderes zwischen uns dreien. Du hast es gestern gespürt und du hast gerade eben gespürt, wie gut es sein kann, welche Gefühle wir in dir wecken können. Es ist nicht falsch."

Ich strich ihr die Haare hinters Ohr und sie sah mich mit ihren grünen Augen an. Sie wirkte nicht überzeugt. Sie war eine gut erzogene Dame und keine Frau aus dem

Bordell in der Stadt. Ihr war ihr gesamtes Leben über eingetrichtert worden, ihre Tugend zu beschützen. Glücklicherweise hatte sie diese Warnungen befolgt, denn sie hatte sich für uns aufgehoben, aber sie würde mehr gegen diese sozialen Standards ankämpfen müssen als Brody und ich. Es würde eine Weile dauern, sowie gutes Zureden und Überzeugungsarbeit benötigen. „Bitte, holt mir mein Kleid."

Aufgrund ihrer Lebhaftigkeit gab es keinen besseren Zeitpunkt als jetzt, um ihre Lektion fortzusetzen. Wenn sie unsere Frau werden sollte, musste sie sich mit den Körpern ihrer Ehemänner vertraut machen. Jetzt war der perfekte Zeitpunkt, um sie zu unterrichten, da sie von ihrem ersten Orgasmus befriedigt war. Es war ihre Aufgabe, sich um unsere Bedürfnisse zu kümmern, so wie es unsere war, uns um ihre zu kümmern. Ich warf die Decke zurück und stand auf, wobei ich ihr zuerst meinen Rücken zeigte, mich dann umdrehte und meine Hände in die Hüften stemmte. Mein Schwanz war hart. Hart genug, um Nägel einzuschlagen. Die stumpfe Spitze hatte eine aggressiv rote Farbe angenommen und er pulsierte, begierig darauf, zu ficken. Er bog sich nach oben zu meinem Bauchnabel und darunter hingen meine Hoden schwer nach unten. Wenn sie vorher noch keinen Schwanz gesehen hatte – und so wie ihr Mund offenstand, sich ihre Augen weiteten und ihn anstarrten, hatte sie das nicht – dann hatte sie eine ganz schöne Lernerfahrung zu erwarten.

„Dein Kleid ist sehr wahrscheinlich noch klatschnass vom Schnee. Du kannst ein Hemd von mir anziehen."

Sie hörte mir nicht zu, tat nichts anderes, als zu starren.

„Was ist los, Schatz?", fragte Brody. Er schob die Decken runter, um seinen eigenen Schwanz zu zeigen, der genauso erregt und bereit war wie meiner.

Laurel schüttelte ihren Kopf und blickte über ihre Schulter zu Brody, nur um dann auch nur seinen Schwanz zu sehen. Sie rutschte auf ihrem Po ans Ende des Bettes, sah uns beide an und zeigte auf unsere Schwänze. „Sie sind wirklich groß. Ähm...sie können nicht...ich meine...ach, egal."

Wir hatten sie zur Sprachlosigkeit gebracht. Brody grinste verschmitzt und behielt eine Hand hinter seinem Kopf, während er mit der anderen die Wurzel seines Schwanzes umfasste und begann auf und ab zu streichen, bis ein Tropfen einer klaren Flüssigkeit aus der Spitze austrat.

„Hast du je zuvor einen Schwanz gesehen?", fragte ich, als ich meinen in die Hand nahm.

Sie schüttelte ihren Kopf und leckte dann ihre Lippen. Brody stöhnte.

„Dann werden wir dir eine Lektion über Schwänze erteilen, sollen wir? Unsere Schwänze sind bereit, zu ficken. Sie sind groß. Sie sind hart. Siehst du die Vene hier an der Seite? Deine hübschen Haare da unten zu sehen, macht mich hart."

„Mich machen deine Nippel hart", fügte Brody hinzu. „Deine kurzen, schnellen Atemzüge haben mich fast dazu gebracht, zu kommen."

„Die Lippen deiner Pussy zu spüren und deine Klitoris zu berühren hat mich fast zum Höhepunkt gebracht. Alles an dir, Laurel, macht uns hart."

Brody setzte sich auf seine Knie und bearbeitete seinen Schwanz. „Dich so zu sehen, in meinem Bett, während du uns mit deinen unbeschreiblich schönen, smaragdgrünen Augen ansiehst, wird mich dazu bringen, zu kommen. Willst du mir helfen, Schatz?"

Ihr Mund klappte auf. „Helfen? Wie? Wird es wehtun?"

Brody deutete mit seinem Kinn darauf. „Gib mir deine Hand." Er ließ den Schaft seines Schwanzes los und streckte seine Hand nach ihrer aus. Nachdem sie sich auf die Lippe gebissen und nachgedacht hatte, legte sie schließlich ihre Hand in seine.

Ich stöhne über ihre Unschuld. „Geh näher zu Brody, Laurel. Du bist in Sicherheit."

Sie schaute zu Brody hoch und überwand dann die Entfernung zwischen ihnen. Er legte ihre Hand um seinen Schwanz und ihre Augen weiteten sich.

„Er ist so hart und weich und glatt."

Brody grinste, aber sein Kiefer war angespannt. Mein Schwanz schmerzte allein davon, ihre winzige Hand auf ihm zu sehen. „So", wies er sie an, legte seine Hand über ihre und führte sie in gleichmäßigen Bewegungen.

„So ein gutes Mädchen. Deine Hand fühlt sich gut an. Ich werde auf dir kommen."

Ich fuhr damit fort, meinen Schwanz zu reiben, während ich Laurels Gesicht beobachtete, als der erste Spritzer von Brodys Samen ihre Brüste und ihren Bauch traf. Brody stöhnte, während ihre Hand weiterhin seine Länge hoch und runter glitt, sein Samen landete in dicken Strängen auf ihr. Laurel blickte an ihrem Körper hinunter auf den weißen, zähflüssigen Samen.

„Es gefällt mir, meinen Samen auf dir zu sehen, Schatz. Das markiert dich als die Meine." Brody atmete schwer, aber seine Muskeln waren entspannt und sein Körper befriedigt. Er nahm ihre Hand von seinem erschlafften Schwanz. „Lass Mason spüren, wie du ihm mit deiner Hand den Samen aus dem Schwanz reibst. Er ist dran."

Sie warf mir einen Blick über ihre Schulter zu und krabbelte dann zu mir. Wie Brody nahm ich ihre Hand und legte sie um meinen Schwanz. Als sie meinen Schwanz zum ersten Mal drückte, atmete ich zischend aus. Anders als Brody, musste ich ihr nicht mehr zeigen, wie sie ihre Hand bewegen musste. Sie lernte schnell.

Ich betrachtete die dicken Stränge des Samens auf ihren Brüsten, die aufgerichteten pinken Nippel und ihr feuriges Haarnest. Ich war bereit gewesen, seit ich zum ersten Mal im Schneesturm die Form ihrer Weiblichkeit gespürt hatte. Jetzt da ich sie so nackt sah und spürte, wie ihre Hand meinen Schwanz bearbeitete, zogen sich meine Hoden fester zusammen, während mein Orgasmus durch meine Wirbelsäule in meinen Schwanz wanderte und meinen Samen in dicken Strahlen, die kreuz und quer Laurels Brüste bedeckten, aus mir zwang. Schub um Schub bedeckte ich sie, mein Samen war reichlich. Ich konnte das Stöhnen nicht zurückhalten, als ich meine Hüften nach vorne stieß und mich das Vergnügen überwältigte. Ich hielt mich mit einer Hand am Kopfende fest, während meine Sinne zurückkehrten.

LAUREL

Ich hatte Hunger, sogar einen Mordshunger, da meine letzte Mahlzeit aus einer hastig geschnittenen Scheibe Brot mit Käse bestanden hatte, bevor ich gestern das Haus meines Vaters verlassen hatte. Es war nur dieses Bedürfnis und allein dieses Bedürfnis, dass mich dazu veranlasste, mich im Hemd eines Mannes an den Küchentisch zu setzen. Und nur in einem Hemd.

Nachdem Mason zum Höhepunkt gekommen war, wollten die Männer, dass ich ihre weißen, dicken Samen über meinen Brüsten und dem Bauch verteilte, als ob ich mich mit einer Creme einrieb. Ich wollte die Reste abwaschen, aber die Männer wollten das nicht und boten mir an Stelle eines feuchten Tuches ein weiches Flanellhemd an. Brody hatte die Ärmel bis zu meinen Handgelenken hoch gerollt, während Mason es zuknöpfte. Es reichte bis zu den Knien, so dass ich anständig bedeckt war. Gerade so.

Das Essen, das Brody servierte, ließ meinen Magen knurren und ich aß jedes Bisschen der Eier, sowie Schinken, Brot, Kartoffelscheiben und Kaffee. Es war allerdings schwer meine missliche Lage zu verdauen. Ich hatte mit diesen Männern Dinge getan, die ich nie für möglich gehalten hatte. Ich hatte mich liederlich verhalten und sie mussten mich für die Niedrigste aller Niedrigen halten. Ich war ein gefallenes Mädchen. Meine Jungfräulichkeit war zwar noch intakt, aber das war auch schon alles. Wenn ich ihnen weiterhin diese Freiheiten erlaubte, würden sie mich dann noch gehen lassen, sobald der Schnee zu schmelzen begann?

Ich blickte aus dem Fenster und sah nichts als weiß. Nur weiß. Der Wind hatte sich beruhigt, aber es schneite nach wie vor. Es war schon viel besser als in der Nacht zuvor, aber ich hatte kein Interesse daran, bald nach draußen zu gehen. Ich zitterte bei dem Gedanken. Es gab kein Entkommen, jedenfalls nicht im Moment, selbst wenn ich es mir wünschte. Ich wusste nicht einmal, wo meine Kleider waren. Der Ofen in der Küche wärmte das Zimmer auf und mir war nicht kalt, obwohl ich nur Masons Hemd trug. Ich hatte definitiv meine Lektion darüber gelernt, unvorbereitet nach draußen zu gehen.

Ich war gefangen. Gefangen mit zwei Männern, die mich für eine Dirne hielten und mich dementsprechend benutzten. Wenn ich in der Lage war, von hier wegzugehen, würde mich Mr. Palmer ganz bestimmt nicht mehr wollen. Das war ein unvorhergesehener Vorteil. Allerdings waren auch meine Chancen auf irgendeinen anderen Mann damit verschwunden. Ich war gebrauchte Ware.

„Wie kam es, dass du letzte Nacht draußen unterwegs warst?", erkundigte sich Mason, der sich eine dicke Scheibe Schinken abschnitt.

Ich sah zu ihm auf und tupfte meine Lippen mit der Serviette ab. Ich konnte ihnen nicht die Wahrheit sagen. Jedenfalls nicht die ganze Wahrheit. Obwohl sie mich vor dem sicheren Tod gerettet hatten, wusste ich nicht, welche Reichweite die Kontrolle meines Vaters hatte. Wenn sie für oder *mit* meinem Vater arbeiteten, dann würden sie mich über den Rücken eines Pferdes werfen und zur Kirche bringen, damit ich Mr. Palmer im Hemd eines Mannes heiratete. Nein. Das konnte ich nicht riskieren. Es war sicherer, wenigstens teilweise zu lügen, um mich zu schützen. Ich konnte das Meiste der Geschichte beibehalten, aber ich durfte keine Verbindung zu meinem Vater riskieren. Mein Anblick war in Simms oder irgendwo in der Gegend nicht bekannt. Nolan Turner hatte eine Tochter, aber das letzte Mal, dass sie jemand im Montana Territorium gesehen hatte, war fast fünfzehn Jahre her. Unglücklicherweise hatte ich ihnen im Bett meinen richtigen Namen verraten, aber nur meinen Vornamen. Die Männer sahen mich an und warteten, also blieb ich so nah an der Wahrheit wie möglich, ohne meine Sicherheit zu gefährden.

„Ich...ich sollte einen Mann heiraten, den ich nicht wollte."

„Du bist verlobt?", fragte Brody.

„Nicht offiziell. Ich hatte erfahren, dass mein Vater die

Ehe als Teil eines Geschäftsvertrags arrangiert hatte. Er gewann ein Langzeitbündnis und der andere Mann eine Ehefrau."

„An was fehlte es diesem Mann?"

„Jugend, Beweglichkeit und Freundlichkeit", antwortete ich kurz und bündig. „Findet ihr es merkwürdig, dass ich eine bestimmte Qualifikation von einem Ehemann erwarte?"

Brody schüttelte seinen Kopf. „Manche Frauen tun das nicht."

Ich spitzte meine Lippen. „Er ist gut doppelt so alt wie ich, rundlich und hat aufgrund übermäßigen Genusses ein Doppelkinn und er hat mir einige weniger angenehme Pläne für mich mitgeteilt."

„Welche Art von Plänen hat er dir mitgeteilt?", fragte Brody, dessen Kiefer angespannt war. Er fuhr mit der Hand über seine kurzen, hellen Bartstoppeln.

Ich wurde bleich bei der Erinnerung. Mr. Palmer war nah genug an mich herangekommen, dass ich seinen faulen Atem riechen konnte und hatte mir geschmacklose Dinge ins Ohr geflüstert. „Er hatte vor, mich an sein Bett zu fesseln und so lange zu nehmen, bis sein Samen Wurzeln schlüge." Ich hielt meinen Blick auf meine Hände gerichtet, die ich in meinem Schoß gefaltet hatte.

„Diese Vorstellung findest du abstoßend?", wollte Mason wissen.

Ich riss meinen Kopf hoch, verengte meine Augen schockiert zu schmalen Schlitzen. „Ja! Alles an diesem Mann ist abstoßend."

„Es ist nicht die Vorstellung gefesselt zu sein und gefickt zu werden, die dich stört. Du hast über seine Worte nachgedacht, darüber lang und hart gefickt zu werden, immer und immer wieder mit Samen gefüllt zu werden, bis dein Bauch ebenfalls gefüllt ist. Du windest dich auf deinem Stuhl. Es ist für mich offensichtlich—"

„Für mich auch", unterbrach Brody.

„—dass es etwas ist, das dich interessiert. Aber nicht mit diesem Mann."

Ich öffnete meinen Mund, um es abzustreiten, dann schloss ich ihn. War das der Fall? Waren die Worte des Mannes nur so schlimm, weil *er* diese Dinge mit mir machen wollte? Ich sah zu Brody und Mason, die auf meine Antwort warteten. Wenn mich diese Männer an ein Bett binden würden, dann wäre diese Vorstellung…reizvoll. Ich wand mich tatsächlich, meine…Pussy wachte bei der Vorstellung wieder auf. Ich lehnte es ab, die Wahrheit zuzugeben, obwohl sie sie anscheinend vor mir erkannt hatten.

„Wann sollte die Heirat stattfinden?", fragte Mason.

„Heute."

„Du bist in den Schneesturm gezogen und hast es wegen deiner bevorstehenden Hochzeit riskiert, zu sterben?" Er schaute mich mit einer Kombination aus Überraschung und Wut an.

Ich faltete meine Hände im Schoß und richtete mich auf. „Ich wusste nicht, dass es einen Schneesturm geben sollte. Es hat kaum geschneit, als ich los ritt. Glaub also nicht, dass ich verrückt bin. Würdest du mit einem Mann verheiratet werden wollen, der grausam und unattraktiv und alt ist? Ich versichere dir, dass seine Handlungen einer Vergewaltigung gleichkämen."

„Er wird dich nicht anfassen", knurrte Mason. Er stand auf, wobei die Stuhlbeine über den Holzboden kratzten. Die Heftigkeit seiner Worte klang besitzergreifend. „Du wärst da draußen fast gestorben. Der Mann hat dich fast in den Selbstmord getrieben." Er deutete mit seiner Hand zum

Fenster, wo der Schnee noch fiel. Der Schnee hatte während des Essens zwar nachgelassen, aber es war immer noch eine Winterlandschaft.

„Dein Vater wird dich suchen. Ohne dich gibt es für ihn kein Geschäft." Er umklammerte die Stuhllehne so fest, dass seine Knöchel weiß hervortraten.

„Beide Männer werden nach ihr suchen", fügte Brody hinzu.

„Ja, ich weiß nicht, für wen mehr auf dem Spiel steht." Mr. Palmers Interesse war größer als Habgier. Er hatte etwas in mir gesehen, was mich von anderen unterschied, eine Bedingung in einem Vertrag, den es so noch nie gegeben hatte. Wenn er feststellen würde, dass ich beschmutzte Ware war, würde mein Vater zornig werden. Es bestand keine Chance, dass ich beide Männer glücklich machen würde.

„Wer ist dein Vater? Wenn du aus Simms kommst, kennen wir ihn bestimmt." Brody legte seine Ellbogen auf den Tisch. „Wir sollten *dich* kennen."

An dieser Stelle musste ich lügen. Ich konnte ihnen nicht den Namen meines Vaters nennen. Ich war erst seit einer Woche wieder zurück und in dieser kurzen Zeit hatte ich die Macht des Mannes bereits kennengelernt. Er hatte mich fast mein ganzes Leben lang in einer Schule in Denver gefangen gehalten. Ich kannte seine Kontrolle besser als irgendjemand sonst.

„Hiram Johns." Das war der erste Name, der mir in den Kopf kam. Es war der Name meines Reitlehrers an der Schule in Denver.

Die Männer sahen sich an, aber sagten nichts.

„Der Schnee ist für uns von Vorteil. Sie werden nicht nach dir suchen, bis das Wetter besser ist. „Jede Spur die du vielleicht hinterlassen hast, ist unter einem halben Meter

Schnee begraben." Brody kippte seinen Stuhl auf zwei Beine zurück.

„Sie werden in der Stadt und in Richtung Virginia City suchen, nicht in diese Richtung. Zumindest nicht am Anfang", fügte Mason hinzu.

„Wir haben zumindest heute, bevor sie auftauchen, nehme ich an", antwortete Brody. Die Männer blickten sich kurz an und schienen sich ohne Worte zu verständigen.

„Es gibt viel zu tun."

Ich hatte den Verdacht, dass sie nicht über Aufgaben auf der Ranch sprachen.

5
———

RODY

Ich stand am Pumpwaschbecken und wusch die Frühstücksteller ab, während Mason Laurel unsere Büchersammlung zeigte. Unsere Bibliothek war zwar nicht umfangreich, aber es sollte etwas geben, was sie an einem verschneiten Tag interessieren könnte. Die Vorstellung, den Tag mit ihr zu verbringen, war eine erfreuliche Überraschung, die weder ich noch Mason erwartet hatten. *Sie* war eine erfreuliche Überraschung, die wir nicht erwartet hatten.

Die Geschichte, die uns Laurel erzählt hatte, war eine Mischung aus Wahrheit und Lüge. Es war mir – und Mason ebenfalls – klar, dass sie etwas verheimlichte. Ihr Name *war* Laurel. Das hatte sie uns gesagt, als wir sie aus der Kälte reingebracht hatten, ohne dass sie darüber hätte nachdenken können. Ich glaube auch, dass sie einen Mann heiraten sollte, den sie nicht wollte. Ich glaube auch, dass ihr Vater ein Geschäft damit machen wollte. Aber das war auch schon alles. Es gab in Simms und den angrenzenden Gebieten keinen Mann mit dem Namen Hiram Johns. Niemand kam in die Gegend, ohne dass sich die Nachrichten wie ein Lauffeuer zwischen den Handelstreibenden verbreiteten. Jeder in Bridgewater hatte ein großes Interesse daran, auf dem Laufenden zu bleiben, insbesondere in Bezug auf neue Gesichter. Evers, unser ehemaliger Regimentsführer, war immer in unserem Hinterkopf und ob der Mistkerl uns um die halbe Welt verfolgen und aufspüren würde. Er hatte seine schändlichen Verbrechen während unserer Militärzeit in Mohamir, einem kleinen Land im Mittleren Osten, Ian angehängt und es war nur eine Frage der Zeit, bis uns die Vergangenheit einholte. Wir waren in die Vereinigten Staaten geflohen und hatten uns auf den Weg ins Montana Territorium gemacht, um ein Stück Land zu finden, das wir Bridgewater genannt hatten. Wir betrieben es zusammen. Es war unser gemeinsames Zuhause. Wir waren immer auf der Hut vor Gefahren jeglicher Art.

Deshalb wussten wir, dass Laurel nicht die war, die sie vorgab zu sein. Sie unter Druck zu setzen, würde uns aber auch keine Antworten einbringen. Nun, es könnte sein, aber dann hätten wir hier eine Frau, die uns hasste und das war zweifellos *nicht* unser Plan. Wir wollten, dass Laurel uns mochte. Sehr sogar. Sobald das Wetter besser war, würde sie unsere Frau werden. Sie würde uns nach und nach die Wahrheit sagen. Ich gluckste vor mich hin. Sie war eine schreckliche Lügnerin. Sie würde sich sehr wahrscheinlich früh genug verplappern.

Nachdem ich die Kaffeetassen ausgespült hatte, drehte ich sie um und stellte sie zum Trocknen auf ein Tuch.

Was den Mann betraf, den sie heiraten sollte, so war

Laurels Reaktion ihm gegenüber Grund genug, sie so weit wie möglich von ihm fern zu halten. Ein fünfzigjähriger Mann wollte eine junge Frau, eine Jungfrau wie Laurel, nur aus einem einzigen Grund. Verdammt noch mal, alle Männer wollten Laurel aus dem gleichen Grund, einschließlich Mason und mir. Ich wollte sie immer und immer wieder ficken, bis ich befriedigt war. Ich würde sie sogar an ein Bett fesseln, so wie es der Mann vorhatte. Sie sogar dortbehalten, bis ihr Bauch mit einem Baby, das wir gezeugt hatten, anschwoll.

Wir waren keine Sadisten. Wir dachten nicht nur an uns selbst. Mason und ich dachten an Laurel und ihr Vergnügen. Ihre Bedürfnisse. Ihre Wünsche. Ich bezweifelte, dass der Bastard nach oder sogar während eines Ficks überhaupt an sie denken würde. So wie ich Männer dieser Art kannte, hatte er wahrscheinlich noch eine oder zwei Geliebte, um sicherzustellen, dass Laurels Wert und Selbstwertgefühl stets in Frage gestellt würden.

Wegzulaufen war ihre einzige Option gewesen. Wenn sowohl ihr Vater als auch ihr zukünftiger Ehemann so erpicht auf diese Geschäftsvereinbarung waren, wie sie gesagt hatte und sie nicht weggelaufen wäre, dann wäre Laurel jetzt verheiratet. Bei dem Gedanken daran blieb mir das Frühstück im Hals stecken.

Sie hätte sterben können. Sie *wäre* gestorben, wenn Mason nicht nach draußen gegangen wäre, um Holz zu holen. Ich war zwar kein Mann, der viele Gedanken an Schicksal oder Bestimmung verschwand, aber sie war uns wortwörtlich vor die Füße gefallen. Sie gehörte zu uns.

Ich wischte mit einem feuchten Tuch über den Tisch und dachte an unsere Zeit im Bett. Obwohl Laurel eindeutig ahnungslos war, hatten wir sie auf der Stelle für uns beansprucht. Ihr Körper war so üppig und kurvig und mein

Schwanz steinhart. Schon wieder. Sie schmeckte so süß wie ihr atemloses, lustvolles Stöhnen. Ihre Haut war seidenweich und ich wollte jeden Zentimeter von ihr erkunden. Sie zum ersten Mal zum Höhepunkt kommen zu sehen, war etwas, dass ich nie vergessen würde. Genauso wenig wie ihren Blick, als sie ihre allerersten Schwänze gesehen hatte. Unsere. Zu wissen, dass unser Samen ihre Brüste und ihren Bauch bedeckt hatte, war vergleichbar damit, sie zu markieren und als die Unsere zu brandmarken.

Während mir diese Gedanken durch den Kopf gingen, wischte ich mit doppelter Kraft über den Tisch. Ich warf einen Blick aus dem Fenster und schaute dabei zu, wie der Schnee fiel, der sich allerdings zu gelegentlichen Böen verringert hatte. Die Sonne leuchtete und funkelte auf dem dicken, frischen Schnee. Es war schon fast zu hell für meine Augen. Ich blinzelte und konnte über die Felder zu den anderen Häusern sehen. Auf nähere Distanz konnte ich auch sehen, wie sich jemand näherte. Er war zu Fuß und stapfte durch den tiefen Schnee. Sein Mantelkragen war aufgerichtet und sein Hut tief ins Gesicht gezogen. Erst als er seine Stiefel auf der Veranda am Hintereingang abtrat, konnte ich erkennen, dass es Andrew war.

Ich warf das Geschirrtuch über meine Schulter und machte ihm die Tür auf. Der Mann trat ein und brachte einen Schwall kalter Luft mit sich. Schnell schloss er die Tür, damit die Wärme nicht nach draußen entwischte. Er hängte seinen Hut an einen Haken neben der Tür und sah mich lächelnd an.

„Ein ganz schöner Sturm", kommentierte er.

Andrew und Robert lebten auch in Bridgewater. Sie waren mit Ann verheiratet, die vor zwei Monaten ihr erstes Kind zur Welt gebracht hatte. Sie waren die Amerikaner in der Gruppe. Wir hatten sie in Boston direkt nach unserer Ankunft im Land kennengelernt. Bridgewater war auch die Heimat von Ian und Kane, die im Sommer Emma geheiratet hatten. Andere Mitglieder des Regiments waren Simon, Rhys und Cross. MacDonald und McPherson waren neu in Bridgewater und erst letzten Sommer dazugekommen. Es war eine hektische Woche gewesen, da wir geglaubt hatten, dass Evers Ian ausfindig gemacht hatte. Stattdessen waren es Simons Bruder und ein Freund gewesen.

„Ein halber Meter?", vermutete ich und blickte aus dem Fenster.

„Bestimmt."

„Geht es allen gut?", fragte ich. Ann ging es nach der Geburt von Christopher gut und der Junge gedieh prächtig, aber es war eine gefährliche Zeit für beide.

Er nickte. „Außer, dass wir alle müde sind, geht es uns gut. Ich sollte wohl eher euch diese Frage stellen. Ich habe letzte Nacht einen Schuss gehört. Euer Haus liegt am nächsten und ich dachte, dass es von hier kam."

„Das tat es. Es ist eine interessante Wendung des Schicksals."

Er strich sich durch den Bart und schaute mich eindringlich an, unsicher, ob es sich um gute oder schlechte Nachrichten handelte.

„Zieh dir die Stiefel aus und ich erzähle es dir."

Ich berichtete ihm, wie Mason zum Holzholen raus gegangen war und wie er dabei Laurel in ihrer Notlage entdeckt hatte.

„Ich habe noch nie von einem Hiram Johns gehört."

„Ich auch nicht", antwortete ich.

„Wer zum Teufel ist sie dann? Sie ist ja nicht einfach vom Himmel gefallen."

Ich zuckte mit den Schultern. „Dem Wetter nach zu

urteilen, konnte sie nicht mehr als ein paar Stunden geritten sein, also muss sie aus der näheren Umgebung von Simms gekommen sein. Keine Sorge, die Wahrheit wird schon noch ans Licht kommen."

Andrew grinste. „Daran zweifle ich nicht."

Ich klopfte dem Mann auf die Schulter. „Sie ist es, Andrew."

Überrascht zog er die Augenbrauen hoch. „Bist du sicher?"

„Wir sind sicher. Ich werde sie nicht für ihre Geheimnisse bestrafen. Das bringt uns nichts. Ich will, dass sie fügsam ist. Wenn sie die Unsere werden wird, dann muss sie ihr Training jetzt beginnen."

Andrew zog überrascht die Augenbrauen hoch, als er seine Stiefel zum Aufwärmen vor den gusseisernen Ofen stellte. „Habt ihr sie gefickt?"

Ich runzelte die Stirn. „Zum Teufel, nein."

Mein Freund hielt seine Hände zum Zeichen der Ergebung hoch.

„Wir haben genug Ehre, um zu warten, bis sie wirklich uns gehört, bevor wir sie erobern. Das bedeutet aber nicht, dass wir ihr nicht unsere Weisen zeigen können."

MASON

Auf gar keinen Fall würde ich es zulassen, dass sie sich ihr Kleid wieder anzog. Sie nur in meinem Hemd zu sehen, machte sie nur noch mehr zu der Meinen. Unserer. Ich hatte einen Steifen, weil ich wusste, dass sie nichts darunter trug, ihre hübschen Nippel gegen den Stoff rieben und ihre roten Löckchen auf ihrer Pussy leicht zugänglich waren. Verdammt! Selbst nachdem ich meinen Samen auf sie gespritzt hatte, war ich immer noch hart. Sie war markiert. Neben ihrem einzigartigen blumigen und süßen Duft, roch sie nach Sex. Ich konnte es nicht abwarten, sie auch von innen zu markieren und ihre fantastische Pussy mit meinem Samen zu füllen. Ich wusste, dass Brody dasselbe dachte.

Bevor Andrew gegangen war, hatte er uns zu sich zum Abendessen eingeladen, was gut war, denn so würde Laurel die Dynamik zwischen Ann und ihren zwei Ehemännern sehen. Ungeachtet ihrer Vergangenheit würde Laurel unsere Frau werden. Sie war eine schreckliche Lügnerin. Jedes Gefühl, das sie empfand, zeigte sich auf ihrem Gesicht – Unentschlossenheit, Vorsicht, sogar Täuschung. Sie *täuschte* uns, indem sie Geheimnisse vor uns hatte.

„Was denkst du?", fragte ich Brody mit leiser Stimme. Laurel war in der Wanne im Badezimmer. Wir waren unten und legten Holz in die Feuerstelle und den Ofen, um das Haus warm zu halten.

Er schaute an die Decke, als ob er bis zu ihr sehen könnte. „Ich glaube ihr alles bis auf den Namen ihres Vaters. Nie von ihm gehört."

„Ich auch nicht. Wenn sie tatsächlich abgehauen ist, dann kann sie nicht ihn beschützen wollen. Sie beschützt sich selbst. Aber warum? Wir haben sie vor dem sicheren Tod bewahrt. Wir würden ihr nicht wehtun."

Brody zuckte mit den Schultern. „Das weiß sie aber nicht."

Bei dem Gedanken runzelte ich die Stirn. Wir würden eine Frau nie verletzen. Nie. Jeder hier in Bridgewater beschützte Frauen. Schätzte sie. „Dann müssen wir es ihr beweisen. Sie ist so verdammt hübsch." Ich rieb mir durch den Bart. „Ihre Haare sind einprägsam. Wenn sie in unserer Gegend gelebt hätte, würden wir sie kennen."

Brody nickte. „Jeder Mann innerhalb von einhundert Meilen würde hinter ihr her sein."

„Gut, dass sie bei uns gelandet ist."

„Woher kam sie nur?"

Ich hatte keine Antwort. Nur Laurel würde uns das sagen können.

„Sie ist die Unsere", knurrte Brody.

„Keine Frage. Wir warten also, bis sie es uns verrät?"

Brody öffnete die Ofentür in der Küche, legte ein Stück Holz hinein und schloss sie wieder. Er warf den Lappen, den er zum Schutz seiner Hände benutzt hatte, auf den Tisch. „Tut die Vergangenheit wirklich etwas zur Sache?"

Ich schüttelte meinen Kopf. „Ich würde sie lieber trainieren, als ihr Fragen zu stellen, meinst du nicht?"

„Verdammt, ja. Ich habe mit Andrew gesprochen, bevor er ging. Sie werden uns auf jede Weise helfen, die ihnen möglich ist."

EINE STUNDE SPÄTER, trug ich eine warm eingepackte Laurel in Andrew und Roberts Haus. Ihr Mantel war immer noch feucht und ich hatte die Schnürsenkel ihrer Stiefel durchgeschnitten. Also wickelten wir sie in eine Decke ein, um sie für den Weg warm zu halten. Es war nur ein kurzer Weg, fünf Minuten, aber die Luft war eisig und die Sonne begann schon unterzugehen und bot somit keine Wärme mehr. Das Trio empfing uns an der Tür und nahm unsere Sachen entgegen. Der Duft von Eintopf und frisch gebackenen Brotes lag in der Luft. Das Feuer im Herd loderte und es war warm und gemütlich. Seit ihrer Ehe mit Ann hatte sich das Haus in ein Heim gewandelt.

„Schön dich wieder zu sehen, Laurel", begrüßte Andrew sie. „Darf ich dir Robert und unsere Frau, Ann, vorstellen? Christopher liegt in der Wiege neben dem Kamin und schläft."

Robert hatte dunkle Haare und einen Bart, der so ähnlich war wie meiner. Allerdings war er kleiner und stämmiger als ich. Ann war zierlich und hatte hellblonde Haare. Seit Christophers Geburt war ihre schlanke Gestalt etwas fülliger geworden und ziemlich kurvig.

„Hallo", antwortete Laurel schüchtern. Sie stand in meinem Hemd und einem Paar von Brodys Strümpfen da. Ihre Haare waren nach hinten zu einem langen Zopf geflochten und mit einem Stück Seil zusammengebunden.

„Ich habe gehört, dass du ein ganz schönes Abenteuer hinter dir hast", sagte Ann und schaute Laurel interessiert an. Es gab hier nicht viele Frauen und Ann hatte nur Emma in unmittelbarer Nähe.

„Wir haben gehofft, ein paar Kleider leihen zu können, wenn es dir nichts ausmacht", erklärte ich ihr.

Ann lächelte. „Möchtest du mit hochkommen und schauen, ob vielleicht etwas passt? Das Baby sollte noch für eine Weile schlafen und die Männer passen auf ihn auf."

Laurel sah, um Bestätigung heischend, erst Brody und dann mich an.

„Die anderen werden bald hier sein." Sie runzelte verwirrt die Stirn, also fügte ich hinzu: „Die anderen, die hier in Bridgewater leben. Die Mahlzeiten finden gewöhnlich bei Ian und Kane statt, aber wir haben es wegen des Babys und des Wetters hierher verlegt. Du kannst mit Ann mitgehen, Schatz."

Brody nickte zustimmend und die beiden Frauen gingen

aus dem Zimmer und wir hörten ihre Schritte auf den Stufen. Es gefiel mir, dass sie sich an uns gewandt hatte, um nach Zustimmung zu fragen, obwohl wir nicht die Art Männer waren, die von ihrer Frau erwarteten, dass sie ihnen jede Entscheidung überließ. Wir wollten, dass Laurel uns gegenüber gehorsam war, aber nicht demütig.

„Sie ist bezaubernd", meinte Andrew.

„Kennt ihr einen Mann namens Hiram Johns?", fragte Brody.

Robert führte uns zu den Stühlen, die dem Feuer gegenüberstanden. Als wir uns hinsetzten, antwortete er: „Andrew hat Laurels Geschichte bereits erzählt. Der Name ist mir nicht bekannt."

Die anderen Männer stimmten mit mir überein, dass Laurel log. Es war nicht nur ein Gefühl meinerseits. Es war für alle offensichtlich. Ich legte meine Arme auf meine Schenkel. „Wenn sie lügt, könnte es sein, dass sie ihn schützen will." Ich wollte es nicht glauben, es nicht einmal vermuten.

„Sie ist weggelaufen. Ich glaube, sie beschützt sich selbst", merkte Brody an.

„Wenn sie wirklich Teil eines Geschäftsvertrags ist, werden sie kommen, um sie zu suchen", sagte Robert.

„Wer auch immer *sie* sind", grummelte Andrew.

„Wir werden bereit sein", schwor ich.

6
———

AUREL

„Ich war zuerst überrascht. Ich hatte geglaubt, dass ich nur mit Andrew verheiratet war und erfuhr bald darauf, dass Robert auch mein Ehemann war", teilte Ann mir mit, nahm dabei ein Kleid von einem Haken an der Wand und brachte es zu mir. Wir waren in ihrem Schlafzimmer. In dem Zimmer, dass sie vermutlich mit ihren beiden Männern teilte. Das Zimmer wirkte nicht außergewöhnlich, obwohl ihre Ehe das durchaus war.

„Bist du mit dem Traum, zwei Männer zu haben, aufgewachsen?"

Sie schüttelte ihren Kopf und lächelte verträumt. „Oh, nein. Bridgewater ist der einzige Ort, von dem ich weiß, an dem eine Frau mehrere Männer hat. Ich...mag es. Sehr sogar. Meine Ehemänner sind *äußerst* aufmerksam." Sie reichte mir das Kleid.

„Vielen Dank. Mason und Brody rissen mir das Mieder vom Leib, als sie mich letzte Nacht gerettet haben." Um Gotteswillen, das hörte sich verrückt an, also fügte ich hinzu: „Das Kleid war mit Eis verkrustet. Ich befürchte, dass man es nicht flicken kann." Ich hielt mir das Kleid an die Vorderseite und schaute zu Ann. „Du bist viel kleiner als ich. Ich glaube nicht, dass Änderungen da helfen können."

„Nein. Ich schätze nicht. Du bist so groß und auch kurvig, obwohl ich jetzt, da Christopher geboren wurde, meine Figur erst noch zurückbekommen muss."

Ich kannte ihre vorherige Figur nicht, aber sie war jetzt wunderschön. Sie hat feine Züge, fast schon anmutig und ihre Haut war fast cremeweiß. Sie war so ruhig, so sanft und so zufrieden mit ihrem Leben.

Sie ging zu einer Kommode und zog die oberste Schublade heraus, dann eine darunter. „Hier sind eine Bluse und ein Rock. Das ist vielleicht besser, da es zwei Teile sind."

Ich hörte Zweifel in ihrer Stimme, denselben Zweifel, den ich darüber verspürte, dass mir ihre Kleider passen würden. Ich legte sie über meinen Arm und sie sagte: „Brody und Mason sind anständige Männer. Du wirst glücklich mit ihnen sein."

Geschockt klappte mein Mund auf. „Ich bin weder mit ihnen verheiratet noch habe ich vor, sie zu heiraten. Sie haben mich lediglich aus dem Sturm gerettet."

Ann runzelte die Stirn. „Ja, Andrew hat mir von deiner Lage erzählt. Du hattest unglaublich viel Glück. Die Männer sind allerdings wirklich ehrenhaft."

„Ich...ich kann mir da nicht so sicher sein wie du, da ich sie kaum kenne", antwortete ich. Wir hatten Dinge zusammen im Bett getan, die ein tieferes Level an Intimität geschaffen hatten, als ich es mir je hätte vorstellen können.

„Du kannst mir vertrauen. Brody und Mason sind wirklich ehrenhaft und sie werden sich gut um dich kümmern." Sie strahlte mich an. „Dann ist das schon mal geklärt. Ich meine, du warst letzte Nacht bei ihnen und – oh!" Sie blickte nach unten auf die Vorderseite ihres Kleides. Da waren zwei feuchte Stellen.

„Ist etwas nicht in Ordnung?", fragte ich unsicher darüber, was das Problem war.

„Meine Milch. Es ist so viel, dass ich mehr habe, als der kleine Christopher essen kann. Nimm die Kleider und wir gehen wieder runter."

Ich folgte Ann und als wir in dem Wohnzimmer ankamen, standen die Männer für uns auf. Es gab zwei neue Gesichter in der Gruppe.

„Meine Milch", sagte Ann atemlos.

Andrew und Robert kreisten Ann ein. „Gehen wir in das andere Zimmer." Obwohl sie in das Büro nebenan gegangen waren und wir sie nicht sehen konnten, klang Andrews Stimme durch die Wände. „Setz dich auf Roberts Schoß und er wird sich um dich kümmern."

Mason und Brody kamen auf mich zu. Mason nahm mir die Kleidungsstücke ab und hängte sie über eine Stuhllehne. „Laurel, das hier sind MacDonald und McPherson, zwei andere Männer aus unserem Regiment."

Beide waren groß und breit, fast so, als ob sie die Sonne mit ihren Körpern abschirmen könnten. Ihre Haare waren ungebändigt und lang und sie hatten harte Gesichtszüge, aber freundliche Augen. Sie nickten mir zur Begrüßung leicht zu, bevor sie sich hinsetzten.

Es war mir ein wenig unangenehm, nur in einem von Masons Hemden und umringt von einer Gruppe Männer in der Mitte des Zimmers zu stehen. Ich blickte nach rechts und links, um einen Platz zum Hinsetzen zu finden. Ehe ich mich bewegen konnte, streckte jemand seine Hand nach mir aus, ergriff die meine und zog mich runter auf seine harten Schenkel. „Auf meinen Schoß", flüsterte Mason in mein Ohr. Die weichen Haare seiner Ohren kitzelten mein Kiefer. Er legte seine Arme um mich und hielt mich an Ort und Stelle.

„Tun sie weh, Baby?", fragte Robert im anderen Zimmer.

„Ja, sie sind so voll, dass sie schmerzen und die Milch hört einfach nicht auf."

„Dann kümmere ich mich darum."

Ann stöhnte und ich sah zu Mason.

„Sie hat zu viel Milch und sie muss irgendwie raus. Da Christopher satt ist und schläft, liegt es an Andrew und Robert, ihr Erleichterung zu verschaffen."

Ich runzelte verwirrt meine Stirn.

„Robert trinkt die Milch aus ihren Brüsten."

Die Vorstellung sollte mir unangenehm sein, aber stattdessen war sie ziemlich erotisch. Die Tatsache, dass Ann ein Bedürfnis hatte, mit dem nur ihre Ehemänner ihr helfen konnten, schaffte eine Verbindung zwischen ihnen, die ziemlich reizvoll war. Brody hatte vorhin mit meinen Brüsten gespielt und die Vorstellung, da seinen Mund anstatt seine Finger zu spüren, brachte meine Nippel dazu, unter dem weichen Stoff von Masons Hemd hart zu werden.

„Wir sollten dabei nicht zuhören", flüsterte ich Mason zu. „Das ist privat."

Er schüttelte seinen Kopf. „Sie haben sie ins andere Zimmer gebracht, um allein zu sein. Denk daran, das Bedürfnis der Frau kommt immer zuerst."

Ich war mir nicht sicher, wie Anns Bedürfnisse vorangestellt wurden, wenn wir alle zuhörten, aber Ann schien es nicht zu stören, dass wir in der Nähe waren. Die

Männer auch nicht. Aufgrund der Geräusche, die aus dem anderen Zimmer drangen, schien es ihr sehr zu gefallen.

„Ihre Pussy tropft, Andrew", sagte Robert.

Dieses Mal rutschte ich hin und her, da Mason Brody genau dasselbe über mich erzählt hatte und ich mich daran erinnerte, wo seine Hand gewesen war und wie ich mich dabei gefühlt hatte.

„Seit das Baby da ist, haben wir sie noch nicht gefickt. Ihre Pussy muss erst heilen, bis wir sie wieder nehmen können."

„Bitte, Robert. Deinen Mund an meinen Brüsten zu spüren, erregt mich immer so sehr. Du *musst* mich ficken", stöhnte Ann. Ihre Verzweiflung war offensichtlich.

Es war mir unangenehm, zuzuhören. Aber eigentlich fühlte ich nicht nur Unbehagen. Ich fühlte mich auch...erregt. Ann dabei zuzuhören, wie sie ihr Vergnügen in den Berührungen von Robert fand, erinnerte mich daran, wie Mason und Brody sich zuvor um mich gekümmert hatten. Sie waren zärtlich gewesen, aber dennoch sehr überzeugend. Meine...Pussy kribbelte bei der Erinnerung an das, was Masons Finger mit mir gemacht hatten. Sie hatten gesagt, dass nichts in meine Pussy gelangen würde, bis ich verheiratet war. Wie Ann darum flehte, gefüllt zu werden, sorgte jedoch dafür, dass ich meine inneren Muskeln zusammenpresste und mein Schoß sich nach etwas sehnte. Als verheiratete Frau wusste Ann, was sie wollte. Wonach sie sich sehnte. Sie hatte bereits einen Schwanz, nein, zwei erlebt.

Ich nicht. Ich spürte eine tiefe Sehnsucht, die mir bisher unbekannt gewesen war. Brody und Mason hatten etwas in mir geweckt. Ich sehnte mich nach ihren Berührungen und nach dem, was ich nicht kannte. Ich wollte das, was Ann hatte, obwohl ihre Verbindung, ihre Verbundenheit größer war als das, was ich mir jemals zwischen mir, Brody und Mason vorstellen könnte.

„Nein, Baby. Du triffst diese Entscheidung nicht", erklärte Andrew ihr. „Deine Männer entscheiden, wann du wieder gefickt wirst. Wir sind vorsichtig, weil wir deiner Pussy nicht weh tun wollen. Du hast uns das beste Geschenk auf der ganzen Welt gemacht und wir werden uns um dich kümmern. Haben wir dich denn nicht auf andere Weise befriedigt?"

„Ja", antwortete sie mit trostloser Stimme.

„Du bist so wunderschön, wenn deine Milch tropft und deine Männer sich um dich kümmern. Ich werde die Milch aus deiner anderen Brust trinken, während Robert dafür sorgt, dass du zum Höhepunkt kommst."

Es dauerte nicht lange, bis sie ihr Vergnügen herausschrie. Hatte ich mich auch so angehört?

„Ist das nicht ein wundervoller Laut?", flüsterte Mason in mein Ohr. „Die Bedürfnisse einer Frau werden von ihren Ehemännern befriedigt? Sie war in einer unangenehmen Lage und sie kümmerten sich darum. Anns Glück und Vergnügen sind ihre einzigen Wünsche." Sein Atem war warm und seine Lippen berührten mich an der Ohrmuschel. Er küsste mich erst da, dann an meiner Wange, dann etwas tiefer in meiner Halsbeuge. Ich schloss die Augen und genoss, wie zärtlich er vorging.

Anns heisere Lustschreie brachen durch den Nebel meines eigenen Verlangens. Ich wurde rot, als ich bemerkte, dass ich mich dieser ungewöhnlichen Offenheit, die man in Bridgewater vorfand, hingegeben hatte. Ich wusste, dass es so nicht überall auf der Welt zuging. Denver war eine große Stadt und ich wusste weder etwas darüber, mehr als einen Ehemann zu haben, noch welch heikle Aufgaben in einer Ehe zu erwarten waren.

Eine Minute später kam Andrew ins Zimmer und wischte sich den Mund mit dem Handrücken ab. „Das Abendessen wärmt auf dem Herd." Man merkte ihm nicht an, dass er soeben an den Brüsten seiner Frau genuckelt hatte. Ich war erstaunt, aber es schien hier ein gewöhnliches Vorkommnis zu sein.

„Ich werde dir helfen", bot Brody an und folgte dem Mann aus dem Zimmer. Die anderen Männer folgten ihm auch, so dass Mason und ich allein waren.

Mason rückte mich auf seinem Schoß zurecht, so dass ich ihn ansah. Seine Hände umfassten meine Brüste und ich keuchte, da ich wusste, dass er fühlen konnte, wie hart meine Nippel waren. „Was Anns Männer für sie tun, erregt dich."

Er äußerte dies als Tatsache, nicht als Frage. Ich spürte, wie meine Wangen brannten und ich versuchte mich seinem stechenden, dunklen Blick zu entziehen. Ich schüttelte leicht meinen Kopf.

„Laurel, dein Kopf leugnet es vielleicht, aber dein Körper lügt nicht."

Wie konnte er die Wünsche meines Körpers kennen? Ich entdeckte sie doch selbst erst.

„Schau", begann er und blickte nach unten auf seinen Schoß. Da, wo ich vor einem Moment noch gesessen hatte, war ein dunkler, nasser Fleck. „Deine Pussy tropft auf meinen Schoß."

Ich keuchte und stand auf, versuchte, davonzukommen und mich irgendwo beschämt zu verstecken, aber er hakte seinen Arm um meine Taille und hielt mich vor sich fest, so dass ich zwischen seinen Knien stand. Seine Hände wanderten meine Schenkel hinab und dann hoch, um meinen Hintern zu umfassen. Von dieser Position aus, konnte mir der Fleck auf seiner Hose nicht entgehen. Ich spürte, wie die Luft die Feuchte an meiner Pussy und meinen Schenkeln kühlte. Ich *war* feucht. Das konnte nicht geleugnet werden. Ich *wollte* nicht erregt sein. Es bedeutete, dass es mir gefiel, anderen dabei zuzuhören, wie sie sexuelle Dinge taten. Es bedeutete, dass ich diese Dinge auch selbst erleben wollte. Es bedeutete, dass es mir gefiel, wenn mich Mason an intimen Stellen berührte. Es sollte nicht so sein!

Ich hielt an einer schrecklichen Lüge fest. Wenn sie wüssten, wer ich wirklich war, dann würden sie mich wieder zu meinem Vater zurückschicken. Sicherlich würde mich niemand je wollen, nachdem ihnen Mason und Brody berichtet hatten, was für eine Art Frau ich war. Ich würde ausgegrenzt werden. Es war besser, die Gefühle zu leugnen und zu zeigen, dass es mir nicht gefiel, dass es mich nicht berührte, damit sie, wenn die Zeit kam, nur aussagen konnten, dass ich unter Zwang gehandelt hatte. Möglicherweise könnte ich dann so einen Ehemann finden, der noch an mir interessiert war. Ich hatte Wahnvorstellungen. *Keiner* war an mir interessiert. Alle kümmerten sich nur um ihre eigenen Bedürfnisse, ihren eigenen Gewinn. Mein Vater. Mr. Palmer. Ich war nur eine Schachfigur.

Möglicherweise lag der Grund dafür, dass mir die Klänge von Andrew und Robert, wie sie Ann befriedigten, gefielen darin, dass sie ihre eigenen Bedürfnisse hintenanstellten. Zum ersten Mal wurde ich Zeugin von Selbstlosigkeit anstatt Egoismus.

MASON

. . .

„SCHÄME DICH NICHT, Schatz. Es gefällt mir, zu wissen, dass es dich erregt, zwei Männer zu haben." Ich drückte ihre Taille leicht. „Weißt du, wie hart mein Schwanz ist?"

Sie machte große Augen und war deutlich überrascht darüber, dass ich auch erregt war. Ich richtete meine Hose neu, da sie meinem angeschwollenen Schwanz nicht viel Platz ließ. Als sie meine Größe durch die Hose sah, leckte sie sich über ihre Lippen. Ich würde in meiner Hose kommen, wenn ich meine Gedanken nicht umlenkte. Ihre heiße Pussy an meinen Schenkeln zu spüren, war die reinste Folter. Ihre harten Nippel an meinen Handinnenflächen zu spüren, war herrlich, aber zu sehen, wie ihre Säfte meine Hose befleckten, war verdammt heiß. Ich konnte nicht widerstehen, sie anzusehen.

Ich nahm mein langes Hemd, das sie trug, und zog den Stoff so langsam nach oben, dass ihre umwerfende Pussy allmählich entblößt wurde. Als meine Hände ruhig auf ihren Hüften ruhten, war sie von der Taille abwärts nackt.

„Mason", zischte sie und schaute nach rechts und links.

„Du bist so wunderschön so erregt, wie du bist. Deine Schenkel sind mit deinen Säften benetzt. Weißt du, was ich machen möchte?" Unsere Blicke trafen sich. „Ich möchte da von dir kosten."

„Hallo!", rief Simon. Ich hörte, wie sich die Haustür hinter ihm schloss und wie er den Schnee von seinen Stiefeln trat.

„Hier drinnen", rief ich. Laurels Körper versteifte sich in meinem Griff und ihre Augen weiteten sich panisch. Ich ließ meine Hände fallen, so dass das Hemd ebenfalls hinunterglitt und all ihre Geheimnisse versteckte. Sie ließ die Schultern erleichtert sinken und ihre Hände strichen den weichen Stoff über ihren Schenkeln glatt, als ob sie sichergehen wollte, dass sie angemessen bekleidet war.

Aus dem Augenwinkel sah ich, wie der Mann eintrat. „Simon, Rhys und Cross, das hier ist Laurel."

„Wir haben von deiner Begegnung mit dem Tod gehört", sagte Rhys zu Laurel. „Wir sind froh, dich wohlauf vorzufinden."

Laurel nickte, aber entgegnete nichts.

„Ich habe Kane gesehen. Sie bleiben heute für das Abendessen zu Hause."

Ich hatte Simons Worte gehört, aber konzentrierte mich auf Laurel. Ihr Gesichtsausdruck erinnerte mich an ein Kind, das mit einer Hand in der Keksdose erwischt wurde, da die Männer es geradeso verpasst hatten, ihren Körper zu sehen. Die Männer sahen sie nur in meinem Hemd. Ich würde sicherlich nicht noch mehr von ihr mit ihnen teilen.

Andrew steckte lang genug seinen Kopf ins Zimmer, um zu sagen: „Ich habe den Eintopf in die Schalen gefüllt. Also kommt zum Tisch, so lange er noch heiß ist."

„Vielleicht bleibe ich auch einfach hier und mache mir ein Mahl aus Laurels Pussy." Laurel wehrte sich gegen Brodys Griff, aber er gab nicht nach.

„Komm, Schatz, du kannst neben mir sitzen." Brody stand auf und lächelte sie an. Seine Stimme klang entspannt, ruhig und schon fast beruhigend. Sie nickte ihm zu und er führte sie aus dem Zimmer, wobei ihre Hüften beim Gehen hin und her schwangen.

Ann und Robert kamen aus dem anderen Zimmer. Ann wirkte ein wenig zerzaust und ihre Wangen leuchteten leicht pink. Sie warfen beide einen Blick auf das Baby in der Wiege und vergewisserten sich, dass er ruhig war, bevor sie das Zimmer verließen.

Simon, Rhys und Cross blieben hinter mir.

„Ihr beansprucht sie also für euch?", erkundigte sich Simon, womit er sich auf Laurel bezog.

Ich nickte. „Würdest du das nicht?"

„Verdammt, ja."

„Andrew hat euch die Details erzählt?"

Alle drei Männer nickten. „Eine Frau läuft nicht einfach so davon, es sei denn sie ist sprunghaft oder hat Angst um ihr Leben", kommentierte Cross.

„Sie ist nicht sprunghaft", antwortete ich.

„Dann will noch jemand anderes, außer euch beiden, sie", beendete Simon den Gedanken.

„Das können sie gerne versuchen." Ich klopfte Simon auf die Schulter, als er in Richtung Esszimmer ging. „Das können sie versuchen."

7

AUREL

Ich verbrachte ein unangenehmes Abendessen in einem Raum voller Männer, wobei ich nichts anhatte außer einem Hemd. Es war dumm gewesen, zu denken, dass Anns Kleider passen würden. Ich würde sicherlich versuchen, sie abzuändern, aber im Moment half es nichts. An irgendeinem Punkt auf dieser Reise hatte ich die Kontrolle über meinen Körper verloren. Mein Körper tropfte buchstäblich vor Feuchtigkeit! Das war mir noch nie passiert, bevor ich Mason und Brody gekannt hatte. Das war sicherlich nicht normal.

Das Gespräch fand um mich herum statt, da ich nichts hinzuzufügen und auch kein Interesse daran hatte, irgendwelche Aufmerksamkeit auf mich zu ziehen. Ich fühlte mich mit nackten Beinen schon genug entblößt. Die Gruppe war sympathisch und wirkte auf ihre eigene Art und Weise wie eine Familie. Unbeschwerter Humor und heitere Geschichten gingen genauso schnell umher, wie der Brotkorb und der Wasserkrug. Nur Andrew und Robert sprachen wie Amerikaner. Der Rest hatte Akzente. MacDonald und McPherson wesentlich stärkere. Als sich Brody mir zuwandte und erklärte, dass McPherson und Simon Brüder seien, wurde mir die Ähnlichkeit erst bewusst. Ich war mir nicht sicher, warum einer mit dem Familiennamen und der andere beim Vornamen angesprochen wurde, aber ich wollte auch nicht nachfragen.

Der Eintopf war köstlich, aber ich hatte keinen großen Appetit. Ich hatte mich vor Mr. Palmer und den Plänen meines Vaters gerettet, aber war in eine Umgebung geraten, in der ich mich jetzt nicht nur von einem Mann oder sogar zweien befreien musste. Diese Männer verband ein Band, das, wie Mason mir erzählt hatte, vom Militär geschmiedet worden war. Ich konnte nicht hier in Bridgewater bleiben und sie alle belügen. Mason und Brody schienen Genuss an meinem Körper zu finden, aber es konnte nicht auf Dauer sein. Ich war nur eine ungebundene Frau, die sich bereitwillig ihren Wünschen fügte. Ich war mit ihnen nackt im Bett gewesen! Was vielleicht sogar noch schlimmer war: Ich saß bloß mit dem Hemd eines Mannes bekleidet an einem Tisch voller Männer. Fremder Männer!

Ich wollte aufstehen und aus dem Haus rennen, aber ich hatte keine richtige Kleidung. Keine Schuhe. Nicht einmal einen Mantel. In diesem Schnee würde ich nur ein paar Meter weit kommen und dann wieder zurückgehen müssen. Das war das unmöglichste Szenario. Tränen blieben mir im Hals stecken und ich konnte keinen Bissen des Eintopfes runterschlucken. Ich trank einen Schluck Wasser und schaute zu Ann, die mir gegenübersaß und lächelte, während sie mit Robert sprach. Sie schien mit ihrem Leben und ihren beiden Ehemännern zufrieden zu sein. Sie schien die Regelung nicht seltsam zu finden. War also ich die Seltsame hier?

War es das, was eine Ehefrau tun sollte? Jeder schien an diese andersartigen Werte, diese mohamirschen Sitten, die sie angenommen hatten, gewohnt zu sein. Alle nur ich nicht. Die Gesellschaft schrieb bestimmte soziale Standards vor und das Leben in Bridgewater widersprach ihnen allen. Ich passte nicht hierher. Ich gehörte nicht hierher.

Ich gehörte nirgendwohin. Ich war zu alt für meine Schule und wusste jetzt, dass ich nur dortgeblieben war, weil mein Vater viel Geld dafür bezahlt hatte. Ich hatte erst vor kurzem herausgefunden, dass er sogar eine zusätzliche Summe bezahlt hatte, um sicherzustellen, dass es keine Anwerber auf mich gab, da er wusste, dass irgendwann meine Rückkehr nach Simms nötig sein würde. Schließlich tat er das auch und innerhalb der ersten Woche nach meiner Rückkehr erfuhr ich, dass ich auch dort nicht hingehörte.

Ich war wirklich verloren und es gab keinen Ort, zu dem ich flüchten konnte.

Ich blinzelte, da mir Tränen in die Augen traten und ich versuchte, sie zurückzudrängen. Es nutzte jedoch nichts. Sie kullerten meine Wangen hinunter und fielen auf den Stoff von Masons Hemd, das ich trug. Leise legte ich meine Gabel ab und schaute auf den Teller, obwohl das Essen vor mir verschwamm.

„Schatz, was ist los?", fragte Brody. Er lehnte sich zu mir und flüsterte in mein Ohr, sein Atem war warm, seine Stimme klang weich und besorgt.

Ich schüttelte den Kopf, aber meine Tränen hörten nicht auf. Ich schaute nach oben in seine hellen Augen und sagte zu Brody: „Ich...ich kann das nicht. Ich gehöre nicht hierher."

Es wurde ruhig am Tisch. Meine Tränen flossen noch schneller, als ich erkannte, dass ich die Aufmerksamkeit, die ich nicht wollte, auf mich gezogen hatte. Ich schob meinen Stuhl zurück und stand auf. Alle Männer am Tisch standen ebenfalls auf, aber nur Mason und Brody kamen hinter mir her. Ich sah das schlafende Baby und wusste, dass ich hier nicht offen sprechen konnte.

Ich wischte mir mit den Fingern über die Augen und flüsterte: „Können wir gehen? Bitte?"

Beide Männer standen beeindruckend und groß vor mir. Sie waren so gut aussehend, besonders wenn sie mich gleichermaßen dominant und besorgt ansahen. „Selbstverständlich", antwortete Mason. Sie bewegten sich schnell. Brody ging ins Esszimmer zurück und Mason zog sich den Mantel an. Momente später kam Brody zurück und schlüpfte in seinen eigenen Mantel, den er vom Haken an der Tür nahm. Mason holte die Decke und wickelte sie wieder um mich. Brody legte die Bluse und den Rock, die Ann mir gegeben hatte, über seinen Arm, was so gar nicht zu seiner großen, sehr männlichen Figur passte.

Sie arbeiteten schnell und effizient als ein Team und innerhalb einer Minute trug mich Mason auch schon in seinen Armen hinaus. Während die Stiefel der Männer im tiefen Schnee knirschten, dachte ich darüber nach, was sie über Robert, Andrew und Ann gesagt hatten. Anns Bedürfnisse standen an erster Stelle. Sie kümmerten sich immer zuerst um sie. Sie hatten mitten im Gespräch angehalten, um ihr dabei zu helfen, den Überschuss in ihren Brüsten zu verringern. Nichts und niemand sonst war wichtig gewesen. Es war ein sehr reizvolles Konzept für mich. Niemand hatte sich jemals zuerst um meine

Bedürfnisse gekümmert. Niemand hatte sich jemals um mich gekümmert. Die Liebe, die ich bei den Dreien sah, war herzerwärmend und herzzerreißend, denn nun wusste ich, was mir fehlte.

BRODY

LAUREL WAR IN PANIK GERATEN. Es bestand keine Frage, dass sie erregt gewesen war, aber vielleicht hatten wir sie zu sehr, zu schnell unter Druck gesetzt. Die mohamirschen Sitten erforderten definitiv ein Umdenken. Vielleicht hatte sie auch noch etwas anderes im Kopf, das sie aufgeregt hatte. Bis wir sie entblößten, körperlich und mental, so dass wir alles über sie wussten, konnten wir ihr nicht helfen. Anstatt sie im Eingang abzusetzen, um seinen Mantel und seine Stiefel auszuziehen, trug Mason sie direkt nach oben ins Schlafzimmer und legte sie aufs Bett. Zärtlich. Vorsichtig.

Ich folgte sofort und wir zogen beide unsere Mäntel und Stiefel aus, um uns rechts und links neben sie zu setzen. Wir nahmen ihr die Decke ab, um ihren kurvigen Körper zu entblößen. Masons Hemd war an ihren Schenkeln hochgerutscht.

Sie zog an dem Stoff, aber wir hielten ihre Hände auf. Ihre grünen Augen blitzten mit einer Mischung aus Wut und Angst.

„Was hat dich so aufgeregt?", fragte ich und streichelte ihren seidigen Schenkel hoch und runter.

„Ich...ich will so nicht gesehen werden", murmelte sie. „Ich habe zuvor noch nicht einmal meinen Knöchel in der Öffentlichkeit gezeigt und es war einfach zu viel."

„Wir schätzen deine Ehrlichkeit." Mason lächelte sie leicht an. „Es hat dir gefallen, Ann und ihren Ehemännern zuzuhören. Dein Körper lügt nie."

Ihre Wangen wurden bei seinen Worten rot.

„Vielleicht, aber ich will das nicht...mit anderen teilen." Sie drückte das untere Ende des Hemdes zwischen ihre Beine und hielt es dort. Es war wie ein Schutzschild, mit dem sie ihre Tugend, so gut sie konnte, beschützte. Wir hatten sie ihr bereits genommen — ihre Tugend, nicht ihre Jungfräulichkeit — also war es nur eine Darbietung von Anstand. Wir würden es ihr lassen. Fürs Erste.

„Es hat dir nicht gefallen, zu wissen, dass die anderen Männer dich hübsch fanden?"

Bei meinen Worten drehte sie ihren Kopf von mir weg.

„Das Bedürfnis einer Frau steht an erster Stelle, Schatz. Wir möchten nicht, dass du dich aufregst, also werden wir dafür sorgen, dass du ab sofort immer anständig bekleidet bist. Du solltest wissen, dass wir dich nicht mit den anderen teilen werden. Niemals", schwor Mason. Er zog ihre Finger vom Hemdsaum. „Dein Körper wird nur uns gehören."

Mit dem untersten Knopf beginnend, arbeitete er sich Knopf für Knopf am Hemd hinauf. Zuerst kam ihre Pussy zum Vorschein, dann ihr Nabel und zuletzt ihre vollen Brüste. Als er das Hemd auseinanderschob, saß sie in voller Pracht zwischen uns.

„So wunderschön, Schatz. Leg dich hin", murmelte ich, während ich leicht gegen ihre Schultern drückte, so dass sie auf das Bett nach hinten fiel. Sie war schreckhaft und sogar ein wenig verängstigt. Es war unsere Schuld, dass sie so reagierte, da wir nicht bemerkt hatten, dass ihr Anstand stärker war als ihre Erregung. Es war also unsere Aufgabe, das zu ändern. Ich rutschte vom Bett und kniete mich auf den Boden. Ich packte sie hinter den Knien und zog sie zur

Bettkante. Ich hob ein Bein an, dann das andere und legte sie über meine Schultern.

Laurel stützte sich auf einem Ellbogen ab, um mich anzusehen. Ihre grünen Augen waren weit aufgerissen, verwirrt. „Brody, was machst du da?"

„Ich koste von dir." Ich sagte nicht mehr, sondern öffnete sie mit meinen Fingern, senkte meinen Kopf zu ihrer Pussy und leckte sie dort. Ihre Falten waren feucht und ihre Hüften zuckten bei der kleinsten Berührung meiner Zunge. Ich arbeitete mich langsam nach oben und fand mühelos ihre harte Klitoris.

„Brody!", schrie sie, als ich mit der Zunge darüber wirbelte. Wieder und wieder. Ihre Finger gingen zu meinen Haaren, vergruben sich darin, zogen daran und mich näher an sie. Mason ergriff ihr rechtes Knie und legte es auf seinen Schoß, so dass sie noch weiter für mich geöffnet war.

Wir waren uns einig, dass wir ihre Pussy noch nicht füllen wollten, aber das hielt mich nicht davon ab, mit meiner Fingerspitze um ihren Eingang zu kreisen und sie ein wenig zu reizen. Die Kombination brachte sie dazu, sich auf dem Bett zu winden.

„Gefällt es dir, wenn deine Pussy geleckt wird? Gefällt es dir, was Brody mit dir macht? Oh, ja, es gefällt dir, wenn an deinen Nippel gezogen wird, nicht wahr?" Mason hatte seine Hände so bewegt, dass er an ihren Nippeln ziehen und mit ihnen spielen konnte, was sie noch mehr stimulierte.

Ihre Ferse drückte gegen meinen Rücken, als sie ihren Höhepunkt hinausschrie. Sie war so leicht zum Höhepunkt zu bringen. Ihre Pussy zog sich um meine Fingerspitze herum fest zusammen, als wolle sie sie nach innen ziehen, verzweifelt darum bemüht, gefüllt zu werden. Ihre Säfte tropften auf meine Hand. Sie war so heiß und ich fuhr damit fort, sie zu lecken, an ihrem zarten Fleisch zu saugen, bis sich ihre Muskeln entspannten und sie keuchend dalag und versuchte, wieder zu Atem zu kommen.

Ich küsste ihre Schenkel, als ich mich wieder auf meine Fersen setzte, ihre Knöchel ergriff und ihre Füße auf der Bettkante absetzte. Ich blickte zu Mason und nickte. Er stand auf, ging zur Kommode und brachte einen handgeschnitzten Analstöpsel und ein Gefäß mit Salbe. Wir tauschten unsere Plätze. Mason stellte sich zwischen ihre gespreizten Schenkel, wodurch er einen direkten Blick ihre erregte Pussy hatte.

„Siehst du das, Schatz?" Ich hielt den dünnen Stöpsel hoch, damit sie ihn ansehen konnte. Ihre Augen wirkten noch verträumt, ihre Haut leuchtete in einem schönen Pink, ein Schweißfilm benetzte ihre Brüste. „Das wird dafür sorgen, dass du dich sehr gut fühlst."

Ihre Stirn runzelte sich leicht. Ich tauchte meine Finger in die Salbe und rieb das Ende des Stöpsels ein. „Rhys stellt sie her. Er ist nicht nur ein außerordentlich guter Schreiner, sondern auch sehr geschickt darin, Dildos und Stöpsel zu machen. Er ist ein Meister an der Drehbank." Das Stirnrunzeln vertiefte sich. „Sie ist nicht nur für Spindeln."

Ich gab den Stöpsel an Mason weiter.

„Dieser hier ist sehr klein, sehr dünn, aber er hat zwei abgerundete Bereiche. Siehst du das?" Mason hielt es hoch, bevor er die abgerundete Spitze an ihrem Hintereingang ansetzte.

Sie sah nicht länger verwirrt aus. „Mason!"

„Wir dürfen deine Pussy nicht ausfüllen, das haben wir dir versprochen. Dein Arsch allerdings wird entjungfert werden und das wird dabei helfen, dich zu dehnen."

Laurel schüttelte ablehnend den Kopf. „Warum würdest du das tun wollen?" Sie zuckte zusammen, als Mason den Stöpsel gegen ihre Rosette drückte.

„Weil sich Arschspielchen gut anfühlen und du es lieben wirst, wenn dich dort ein Schwanz füllt."

Ihre Augen weiteten sich, als sie über meine Worte nachdachte.

„Entspann dich, Schatz. Schau mich an. Das ist es. Tief einatmen und jetzt ausatmen. Gutes Mädchen."

„Genau so, Laurel", fügte Mason hinzu, als das obere Ende in sie eindrang. Der Stöpsel war lang und dünn, noch dünner als mein schmalster Finger. Das Ende hatte eine abgerundete Spitze, so dass sie etwas weiter wurde und hatte dann einige Zentimeter weiter oben eine zweite runde Stelle. Wir hatten Rhys darum gebeten, einen Stöpsel anzufertigen, der mehr ein Spielzeug war, als etwas, das wir in ihr lassen würden. Sozusagen nur zur Einführung in Arschspielchen. „Du hast ihn so gut aufgenommen." Mason ließ einen Finger um den Stöpsel kreisen und berührte den etwas gedehnten Muskelring, um die Nerven dort aufzuwecken.

Laurels Augen weiteten sich überrascht.

„Siehst du?", fragte ich sie. „Es fühlt sich gut an, oder?"

Sie antwortete nicht, sondern begann nur schwer zu atmen, als Mason anfing, den Stöpsel rein und raus zu bewegen, so dass der runde Teil der Spitze in eine Richtung drückte, der zweite runde Teil in die andere Richtung stupste. Er fuhr langsam damit fort, ihren Arsch zu bearbeiten, während ich meinen Kopf senkte und sie küsste. Ich konnte nicht widerstehen. Sie war so süß und unschuldig. Ich konnte jeden Atemzug spüren, jedes sanfte Stöhnen bei jedem Schritt ihres sexuellen Erwachens. Ihre Zunge begegnete meiner, zögernd, dann begierig, während sie ihren Verstand ausschaltete und ihr Körper die Führung übernahm. Ich nahm eine Brust in meine Hand und rieb mit meinem Daumen über die aufgerichtete Spitze, während Masons Daumen zur gleichen Zeit Laurels Klitoris umkreiste.

Sie erschauderte einmal und schrie an meinem Mund auf, ihr Körper wölbte sich und ihre Brust drückte gegen meine Hand. Ihr Orgasmus hörte nicht auf und ich hob meinen Kopf, um ihr zuzusehen. So wunderschön, so perfekt. Masons Hände wurden langsamer und blieben dann ruhig auf ihrem Körper liegen. Ich konnte nicht länger warten. Mein Schwanz war wütend und drückte schmerzhaft gegen meine Hose. Ich stellte mich auf meine Knie, öffnete meine Gürtelschnalle und meinen Hosenschlitz und mein Schwanz federte heraus.

„Auf deine Hände und Knie, Schatz." Meine Stimme war grob und rau. Mason half ihr dabei, sich umzudrehen und zog ihre Hüften nach hinten. Der Stöpsle steckte noch tief in ihr und ich konnte sehen, wie ein kurzes Stück aus ihrem Arsch ragte. Ich bewegte mich so, dass die Spitze meines Schwanzes ihre Lippen nur leicht berührte. „Mach ihn für mich auf."

Laurels Augen, so grün und aufgrund ihres Vergnügens ein bisschen verschwommen, fokussierten sich auf meinen Schwanz.

„Mach den Mund auf", wiederholte ich. „Leck die Spitze."

„Warum? Warum machst du das?", fragte sie. Es lag keine Wut in ihren Worten, nur Verwirrung darüber, wie wir mit ihrem Körper auf eine solche Art und Weise umgehen konnten.

„Damit du dich gut fühlst", entgegnete ich. „Sorgen wir nicht dafür, dass du dich gut fühlst? Willst du nochmal kommen?"

Sie nickte, wodurch ihre Nasenspitze gegen meinen Schwanz stieß und ich den Atem zischend entweichen ließ.

„Du wirst kommen, weil wir mit dir auf vielfältige Art und Weise spielen und dich ficken werden. Und zwar nicht nur mit unseren Fingern. Du wirst kommen, während du etwas in deinem Arsch hast. Du wirst kommen, während du etwas in deinem Mund hast. Und letzten Endes wirst du kommen, während du etwas in deiner Pussy hast. Vertrau uns einfach, dass wir dir immer Vergnügen bereiten werden. Braves Mädchen. Saug an meinem Schwanz und Mason wird dafür sorgen, dass du nochmal kommst."

Er fickte sie noch einmal vorsichtig mit dem Stöpsel und sie stöhnte, während Masons freie Hand über ihre Schamlippen glitt. „Sie ist so feucht."

Laurel stöhnte. Ich stöhnte und ergriff den Schaft meines Schwanzes. „Blas mir einen, Schatz."

„Ich...ich weiß nicht wie."

„Nimm mich einfach in den Mund und leck an mir wie an einem Lutscher. Vertrau mir, du kannst nichts falsch machen." Allein bei der Vorstellung, diese vollen Lippen um mich zu haben, kam ich fast zum Höhepunkt.

Zaghaft nahm sie mich in ihren Mund. Die heiße, feuchte Höhle fühlte sich unglaublich an und ich spürte wie sich meine Hoden zusammenzogen. Es würde nicht viel brauchen, damit ich zum Höhepunkt käme. Sie so zu sehen, reichte schon aus, ihre vollen Brüste schwangen unter ihr, ihre Hüften waren breit und perfekt dazu geeignet, um sich beim Ficken an ihnen festzuhalten, ihr Arsch war rund und der Stöpsel ragte daraus hervor. Alles an ihr erregte mich. Machte mich hart. Brachte mich fast...dazu...zu kommen.

Sie nahm mich so weit in den Mund, dass ich gegen ihre Kehle stieß, und sie schrie überrascht darüber, wie sehr ich sie füllte, auf. Ich stöhnte allein wegen der Vibrationen. Ich legte meine Hand auf ihren Kopf, um sie zu lenken und strich über ihr seidiges Haar, damit sie wusste, dass ich zufrieden war. Unterdessen fickte Mason ihren Arsch mit dem schmalen Stöpsel. Ich schloss meine Augen und biss die Zähne zusammen, als sie an der Unterseite meines Schwanzes leckte. Das war's. „Ich werde kommen, Laurel. Schluck alles runter."

Ich bewegte meine Hüften nach vorne, während mein Schwanz noch mehr anschwoll und ihren Mund ausfüllte, während Schub um Schub meines Samens ihren Mund füllte. Sie machte ein leicht überraschtes Geräusch und ich sah, wie ihre Kehle beim Schlucken arbeitete. Mason musste ihre Klitoris berührt haben, denn Laurel kam, ihr Mund öffnete sich um mich, während sie ihr Vergnügen hinausschrie. Ich zog mich aus ihrem Mund zurück und erlaubte ihr, dieses großartige Gefühl, das über sie hinwegschwappte, zu genießen.

Laurel ließ sich auf die Unterarme fallen, ihr Kopf ruhte auf der Decke. Es war die perfekte Position der Unterwerfung und Mason knurrte tief in seiner Kehle. Er öffnete seine Hose und zog seinen Schwanz heraus. Wir tauschten unsere Plätze und jetzt hatte ich das Vergnügen, mit Laurels Arsch zu spielen. Mason hatte bis jetzt den ganzen Spaß gehabt, aber andererseits war ich bereits zum Höhepunkt gekommen.

„Hoch mit dir, Schatz. Mason ist an der Reihe, deinen süßen Mund zu spüren." Mason half ihr hoch und gab ihr seinen Schwanz. Sie lernte schnell und wusste, was sie zu erwarten hatte. Zwei Orgasmen so schnell hintereinander hatten sie auch recht fügsam gemacht, sowie begierig zu befriedigen.

„Du wirst noch einmal für mich kommen, Schatz."

Ihre Schamlippen waren rot und geschwollen und tropfnass. Ihre Klitoris war eine harte Perle, die darum bettelte, wieder berührt zu werden. Und ihr Arsch! Er war einfach nur erstaunlich. Die Salbe glitzerte an ihrem Hintereingang und ihr Körper presste sich um den schmalen Stöpsel herum zusammen. Es war gut, dass ich gerade erst gekommen war oder ich würde unser Versprechen, ihre Pussy nicht zu füllen, vergessen und sie ficken. Während sich Laurel auf Masons Schwanz bewegte, begann ich, den Stöpsel zu bewegen. Dieses Mal drückte ich ihn tiefer rein, anstatt ihn nur zwischen den beiden runden Stellen hin und her zu bewegen. Dadurch dehnte die Kugelform ihren Arsch weiter aus, der sich dann wieder um sie schloss und sie beide – die ganz am Ende und die zweite – tief in sich aufnahm. Vorsichtig zog ich daran, so dass der runde Teil herausflutschte und drückte ihn dann wieder in sie. So wurde ihr Arsch viel weiter ausgedehnt als zuvor, immer und immer wieder.

Laurel erstarrte an Ort und Stelle, Masons Schwanz füllte ihren Mund, während sie sich an dieses neue Eindringen gewöhnte. Ich grinste, begeistert von ihrer Reaktion. Sie wich dem Ganzen nicht aus und bewegte ihre Hüften nicht weg. Sie stöhnte, ein Geräusch des reinen Vergnügens, das tief aus ihrem Körper kam. Mason begann sich zu bewegen und fickte sie langsam und vorsichtig mit seinem Schwanz, was Laurel erlaubte, ruhig zu bleiben, während ich den runden Teil des Stöpsels rein und raus zog. Rein. *Plopp.* Raus. *Plopp.*

Ich musste nicht einmal ihre Klitoris berühren, um sie zum Höhepunkt zu bringen. Die vorherigen Orgasmen hatten sie so sensibel gemacht und der Stöpsel in ihrem Arsch hatte neue Empfindungen in ihr hervorgerufen, so dass sie noch einmal kam. Mason war bereit, mehr als bereit und kam zur selben Zeit. Als er seinen entleerten Schwanz aus ihrem Mund zog, brach Laurel auf dem Bett zusammen. Vorsichtig zog ich den Stöpsel vollständig aus ihr und sah zu, wie sich ihr Arsch wieder schloss. Sie bewegte sich dabei nicht und ich bemerkte, dass sie eingeschlafen war. Also zog ich sie auf ein Kissen und unter die Decke.

Wenn es das war, was wir zu erwarten hatten, wenn wir mit ihrem Arsch spielten, dann konnte ich mir nur vorstellen, wie unglaublich es sein würde, wenn wir endlich in der Lage wären, sie beide gemeinsam zu erobern, ihren Arsch und ihre Pussy gleichzeitig mit unseren Schwänzen zu füllen. Es würde die ultimative Eroberung, das ultimative Vergnügen sein.

8
———

AUREL

Ich wachte den zweiten Tag in Folge in den Armen von zwei Männern auf. Es war früh und das Licht, das durchs Fenster fiel, nur einen Hauch pink. Die Sonne musste erst noch aufgehen.

„Schlaf, Schatz", murmelte Brody mit tiefer Stimme.

Mason – ich konnte so langsam die Berührungen beider Männer auseinanderhalten – streichelte mit einer Hand über meinen Arm. Mir war warm und ich fühlte mich sicher und beschützt. Ich wusste, dass mir nichts passieren würde, solange ich von diesen Männern umgeben war. Sie hatten mir Vergnügen bereitet, vielleicht auf Arten, die ich mir nie auch nur vorgestellt hatte, aber es war unglaublich gewesen. Ich hatte Zweifel an ihren Taten gehabt, wenn es darum ging, meinen Körper zu berühren, da ich wusste, dass sie mich drängten und mir primitive Tätigkeiten beibrachten, die ich als anrüchig betrachten sollte. Jetzt allerdings, nachdem ich mich ihren Forderungen an meinen Körper hingegeben hatte und sie mir die zwei wundervollsten Orgasmen geschenkt hatten, konnte ich sie nicht mehr in Frage stellen. Sie hatten einen harten Gegenstand in meinen Hintereingang gesteckt! Ich hatte mich erst gewehrt, da ich die Vorstellung als irrsinnig empfunden hatte. Aber nachdem ich, aufgrund der extremen, brennenden Gefühle, die der Stöpsel hervorgerufen hatte, so stark, so intensiv gekommen war, konnte ich sie nicht länger in Frage stellen. Ich sehnte mich nach ihnen.

Beruhigt von ihrer anhaltenden sanften Aufmerksamkeit und Sorge, schloss ich meine Augen und tat das, was Brody gemurmelt hatte – ich schlief ein.

Als ich wieder aufwachte, war ich allein im Bett. Ich richtete mich auf und fand mein Kleid, das Kleid, in dem ich angekommen war, am Fuß des Bettes ausgebreitet vor. Mein Korsett lag zusammen mit Anns Rock und Bluse oben drauf. Ich erfrischte mich mit einem Wasserkrug für den Tag, ordnete mein Haar im Spiegel darüber und versuchte Anns Kleidung anzuziehen. Die Taille war zu eng und die Ärmel der Bluse waren nicht nur zu kurz, sondern ich konnte auch die Vorderseite nicht zuknöpfen. Nachdem diese Optionen also ausschieden, schlüpfte ich in mein eigenes Kleid. Das Mieder war schrecklich zerrissen und die Hälfte aller Knöpfe fehlte, aber mit Hilfe des festsitzenden Korsetts war nur noch mein Ausschnitt über dem weißen Stoff sichtbar. Ich zog die beiden Seiten des Mieders zusammen und zeigte nun weniger Haut, als es bisher seit meiner Ankunft der Fall gewesen war.

Ich fand die Männer unten. Der Geruch von Kaffee und Speck lockte mich zu ihnen. Sie saßen am Tisch und aßen. Als ich eintrat, standen sie auf. Ich lächelte verlegen, aber wusste nicht, was ich sagen sollte. Das Letzte, an das ich mich von letzter Nacht erinnern konnte, war, dass ich Masons Schwanz in den Mund genommen hatte. Brody hatte mit dem Stöpsel in meinem...Hintern gespielt. Ich war drei Mal gekommen und das Vergnügen war so intensiv, so scharf gewesen, wie ein Messer, das meine Zurückhaltung durchschnitt.

„Wir haben einen Teller für dich warmgestellt." Mason ging zum Herd, holte einen abgedeckten Teller aus der hinteren Ecke und brachte ihn zum Tisch. „Kaffee?"

Ich setzte mich hin und die Männer folgten mir. „Ja, vielen Dank."

„Wir dachten, dass du den heutigen Tag vielleicht mit Ann und Emma verbringen willst. Sie werden beide bei Ann zu Hause sein und du kannst dich ihnen gerne anschließen." Brody redete so, als ob ich gestern Abend nicht einfach so beim Abendessen vor der Gruppe davongelaufen wäre.

„Werden sie nicht sauer auf mich sein?", fragte ich zögerlich, nachdem ich einen Schluck Kaffee getrunken hatte.

Beide Männer runzelten die Stirn. „Warum?", wollte Brody wissen. „Du hast nichts Falsches getan."

„Aber gestern Abend—"

Mason hielt eine Hand hoch, um meinen Worten Einhalt zu gebieten. „Gestern Abend haben wir deine wahren Bedenken erst erkannt, als es schon zu spät war. Es ist unsere Schuld, nicht deine. Auch wenn dein Kleid geflickt werden muss, ist es eine bessere Wahl als mein Hemd, obwohl ich es sehr reizvoll finde, wenn du es trägst."

„Vielleicht kannst du unsere Hemden hier im Haus tragen?", fragte Brody und hob leicht seine helle Augenbraue an.

Er wirkte bei dieser Vorstellung so begeistert, wie ein Schuljunge, und ich konnte nicht anders, als zu lächeln. Ich erinnerte mich daran, welche unglaublichen Gefühle sie immer und immer wieder in mir ausgelöst hatten. „Nur für euch?"

„Nur für uns", bestätigte Mason und Brody nickte.

Sie sahen so gut aus, wenn sie grinsten und sie waren mit so etwas Einfachem wie meinem Kleiderkompromiss zufrieden. Sie waren so umsichtig und...nett. Es war ein fremdes, ungewöhnliches Gefühl, sich sicher und sogar glücklich mit ihnen zu fühlen.

EINE STUNDE später machte uns Ann die Tür auf. Ich befand mich wieder einmal in Masons Armen und fühlte mich wie eine Invalide, obwohl mein Mantel mittlerweile trocken war und ich keine Decke mehr tragen musste, um warm zu bleiben. Ich hielt meine Stiefel in den Händen.

Ann traf uns gemeinsam mit einer anderen Frau, von der ich annahm, dass es Emma war, an der Tür. Sie war das Gegenteil von Ann. Sie war größer und hatte dunklere Haare. Beide lächelten mich an und ich fühlte mich besser.

Brody hielt Ann die ausgeliehene Bluse und Rock hin. Sie nahm sie entgegen und legte sie auf das Treppengeländer, das nach oben führte. Daraufhin nahm sie mir meinen Mantel ab und hängte ihn an den Haken neben der Tür.

„Leider waren die Kleider zu klein." Ich hob meine Stiefel hoch. „Vielleicht hast du ein paar Ersatzschnürsenkel?"

„Natürlich. In der Küche. Wir flicken einfach dein Kleid und es wird so gut wie neu sein", sagte Ann äußerst fröhlich.

Möglicherweise war sie besorgt, dass ich wieder anfangen würde zu weinen. „Du hast Emma noch nicht kennengelernt. Sie hat sich schon sehr darauf gefreut, deine Bekanntschaft zu machen."

Emma kam auf mich zu und hakte sich bei mir ein. „Komm, lassen wir die Männer an die Arbeit gehen."

Ich drehte mich um und schaute zu Mason und Brody, die bei Andrew standen. Ich konnte nicht mehr tun, als zu lächeln, da mich die Frauen schon hinter sich herzogen.

In der Küche nahm Ann meine Stiefel und stellte sie an der Hintertür neben ein anderes Paar. „Ich sollte mich zivilisiert verhalten und Tee anbieten, aber wir sind beide Kaffeetrinker. Ist das in Ordnung für dich?"

Ich nickte. Emma strich sich mit der Hand über den Bauch. Er fiel noch nicht sehr auf, aber sie würde bald ihre Kleider umnähen müssen. „Wann ist es soweit?", fragte ich.

„Im Sommer", antwortete Emma mit einem Lächeln.

„Ihr ist morgens nie so schlecht wie mir, was mich wütend macht", meckerte Ann.

Emma grinste und wackelte mit den Augenbrauen. „Du warst genau so lustvoll wie ich."

Ann wurde rot, aber leugnete es nicht. „Genieße es jetzt." Sie machte einen Schmollmund und warf einen Blick auf das schlafende Baby in der Wiege. „Deine Männer werden dich wochenlang nicht anfassen. Vielleicht nie wieder", grummelte sie.

„Was? Ich habe gesehen wie sie dich angefasst haben und es schien dir sehr zu gefallen."

Ann spitzte die Lippen. „Das stimmt, aber sie haben mich seit vor der Geburt nicht mehr *gefickt*. Es ist alles verheilt. Wirklich. Trotzdem bestehen sie darauf, mich auf andere Art und Weise zu befriedigen."

Es überraschte mich, wie offen und ungezwungen sie darüber sprach, was sie mit ihren Ehemännern tat.

„Oh, das tut mir leid, Laurel. Du bist mit solchen Vorgängen nicht vertraut", antwortete Ann.

Ich zuckte mit den Schultern und meine Wangen wurden heiß, weil mich meine Jungfräulichkeit daran hinderte, an dem Gespräch teilzunehmen.

„Sicherlich haben dir Mason und Brody *einiges* von dem gezeigt, was sie mit dir zu tun gedenken?" Ann sah mich hoffnungsvoll an. Ich bemerkte langsam, dass sie ziemlich romantisch veranlagt war.

„Alle Männer hier in Bridgewater sind lustvoll und diese beiden können ganz bestimmt nicht die Hände von dir lassen. Deine roten Haare sind so hübsch", fügte Emma hinzu.

Lustvoll reichte nicht aus, um Mason und Brody zu beschreiben. Sie waren...dominant, besitzergreifend, stark, bedacht, fordernd und rücksichtsvoll. Freundlich.

Beide Frauen sahen mich erwartungsvoll an. „Du hast mich gestern Abend gesehen, Ann, ich hatte nur Masons Hemd an. Offensichtlich ist da *etwas* mit ihnen passiert, aber...ich...ich kann euch das nicht erzählen." Ich schämte mich zu sehr, um auch nur darüber nachzudenken, geschweige denn, mit anderen darüber zu sprechen.

Emma hob ihre Augenbrauen und Ann erzählte ihr von allem, einschließlich meines eiligen Rückzugs. „Sie setzen sich sehr für deinen Schutz ein."

Das Baby fing an zu weinen, also nahm Ann es hoch, hielt es im Arm und machte ihre Bluse zum Stillen auf, wobei die rundliche Hand des Jungen sie abwesend tätschelte. Sie schien erfahren darin, eine Mutter zu sein, obwohl das Baby noch so klein war.

Emma trank einen Schluck Kaffee. „Innerhalb der

ersten Stunde meiner Ankunft auf der Ranch mit Kane und Ian kam Mason zur Schlafzimmertür, um uns mitzuteilen, dass das Abendessen fertig sei. Unterdessen rasierten meine Männer meine Pussy und dehnten zum ersten Mal meinen Hintern. Ich war völlig nackt und obwohl er nicht *sehen* konnte, was sie taten, *wusste* er es. Mir war es absolut peinlich."

Mein Mund klappte auf und ein komisches Gefühl überkam mich. Mason war ein Teil davon gewesen, wenn auch nur am Rande? Er hatte gewusst, was ihre Ehemänner mit ihr taten? Es gefiel mir nicht. Es gefiel mir absolut nicht. Ich zog einen Stuhl heraus und setzte mich. Bedeutete das etwa, dass mich Mason nur als Zeitvertreib benutzte? Mich nur zu seinem Vergnügen während des Sturms benutzt hatte und das war alles?

Ann legte eine Hand auf meine und durchbrach so meine Grübelei. „Du siehst so aus, als ob du Emma die Augen auskratzen willst." Das riss mich aus meinen eifersüchtigen Gedanken. Das war es, was ich war. Eifersüchtig. „Emma hatte keine Kontrolle über die Situation, wie du dir sicher vorstellen kannst. Denk aber auch nicht schlecht über Mason. Wie du gestern Abend gelernt hast, haben die Männer andere Sitten. Ehrbare Sitten, die vielleicht gegen das gehen, wie wir aufgewachsen sind, gegen die Stadt, gegen jeden, aber dennoch ehrbar. Vielleicht sogar noch mehr als das. Mach dir keine Sorgen über Masons Hingabe, denn er wird sich nur um dich kümmern."

Ich runzelte die Stirn. „Dieses Wort, kümmern, wird hier häufig benutzt."

Ann zuckte mit den Schultern. „Das liegt daran, dass es das ist, was unsere Männer tun. Sie kümmern sich um unsere Bedürfnisse. Um ihre eigenen auch, aber unsere kommen immer zuerst. Gestern Abend hatte ich so viel überschüssige Milch und meine Männer haben sich um diese Unannehmlichkeit gekümmert, ohne Rücksicht darauf zu nehmen, dass das Essen fertig war oder wir Gäste hatten." Sie lächelte. „Ich habe mich daran gewöhnt, zu kommen, wenn sie von mir trinken. Sie haben mir beigebracht, so zu reagieren, weil sie wollen, dass ich Befriedigung von meinem Körper erhalte und von dem, was sie damit machen."

Es machte Sinn. „Ist dir das nicht peinlich?"

„Am Anfang als wir gerade erst verheiratet waren schon. Aber ich habe gelernt, dass alles, was sie mit mir machen, *für* mich ist. Es gefällt mir vielleicht nicht immer, jedenfalls nicht am Anfang, aber sie wissen, was das Beste für mich ist und sie befriedigen mich stets."

Ich dachte daran, wie sie letzte Nacht meinen Hintereingang gefüllt hatten. Zuerst hatte ich mich dagegen gewehrt und alles, was sie taten, in Frage gestellt. Aber sie hatten es für mich getan, damit ich mich gut fühlte. Ich hatte Zweifel gehabt, aber sie hatten all ihre Schwüre, all ihre Versprechen, mir Vergnügen zu bereiten, eingehalten. Anns Worte trafen ins Schwarze und beruhigten mich. Ich begann zu glauben, dass das, was Mason und Brody mit mir machten...normal war.

„Sogar bei einer Bestrafung. Oder wenigstens danach", fügte Emma hinzu.

„Bestrafung?", fragte ich nervös. Was meinten sie mit Bestrafung?

Beide Frauen nickten. „Wir werden für Unüberlegtheiten bestraft, aber es ist nur zu unserer eigenen Sicherheit und für unser eigenes Wohl."

„Sie schlagen euch? Die Lehrer an der Schule schlugen mit Linealen auf unsere Handflächen."

Beide Frauen schauten mich entsetzt an. „Sie versohlen mir den Hintern", antwortete Emma. „Es ist keine angenehme Erfahrung...zu Beginn, aber etwas daran, lässt mich immer feucht werden."

Nun war ich an der Reihe, erstaunt drein zu schauen.

„Wie gesagt, sie sorgen immer dafür, dass wir zum Höhepunkt kommen...irgendwann." Ann grinste.

Ich konnte nicht sehen, wie, übers Knie gelegt zu werden, Erregung verursachen könnte, aber ich musste mich auf ihr erfahrenes Urteil verlassen.

Emma setzte sich auf die unbeholfene Weise einer schwangeren Frau auf einen Stuhl. „Das ganze Gerede macht mich ungeduldig, meine Männer zu sehen."

„Sie werden zum Mittagessen hier sein und können sich dann um dich kümmern", antwortete Ann und ein verschmitztes Lächeln breitete sich auf ihren Lippen aus. Ich erkannte es, weil ich ein ähnliches Lächeln auf meinen Lippen hatte, nachdem mich die Männer zum Höhepunkt gebracht hatten.

„Vielleicht können sich Mason und Brody in der Mittagspause auch dir ein wenig zuwenden." Emma grinste. Sie war eine ziemlich eifrige Ehestifterin. Sie war sehr attraktiv mit ihren dunklen Haaren und den hellen Augen. Leider wusste sie nicht, dass ich nicht beabsichtigte, in Bridgewater zu bleiben und nicht die Richtige für Mason und Brody war. Ich war nur eine flüchtige Fantasie, eine Frau, mit der sie nur eine kurze Liebelei in einem Schneesturm gehabt hatten. Wenn ich nur einen Weg finden könnte, von hier zu verschwinden, dann würde ich sie alle zu ihrem ungewöhnlichen, wenn auch idyllischem, Leben zurückkehren lassen.

9

ASON

Da Laurel bei den anderen Frauen gut aufgehoben war und sich das Wetter stark verbessert hatte, konnten wir die Dinge erledigen, die wir vernachlässigt hatten. Pferde füttern, Ställe ausmisten, Zaum- und Sattelzeug flicken. Sogar im Haus mussten Holzkisten gefüllt werden. Wir aßen gerade ein schnelles, kaltes Mittagessen, als wir die Pferde hörten. Ich sah den Tisch entlang zu Brody. Er presste seinen Kiefer zusammen.

Wir erhoben uns gleichzeitig und griffen nach unseren Mänteln. Brody nahm das Gewehr, das über der Tür hing und wir traten der Gruppe Männer, die auf Pferden angeritten kamen, entgegen. Die Sonne stand uns im Rücken, also mussten sie gegen den hellen Schnee blinzeln. Es handelte sich um Sheriff Baker, Nolan Turner und drei Männer, die wir nicht kannten. Der einzige Mann mit einem Gewehr war der Sheriff und seines ragte aus der Satteltasche.

„Gentlemen", rief ich ihnen zu.

Brody stand neben mir. „Scheiße", murmelte er.

Ich dachte dasselbe, aber zeigte meine Emotionen nicht.

„Es sieht so aus, dass Sie ein totes Pferd auf Ihrem Gelände haben. Ein Stück weiter", sagte Turner. Er stützte sich auf seinem Knauf ab und beugte sich vor, während sein Hut seine Augen abschirmte. Ich wusste, dass er hinterlistig und absolut fies sein konnte, wenn er wollte. Wenn der Mann da war, passierte nie etwas Gutes.

Ich hatte seine Weisen vor einigen Jahren kennengelernt, als er in der Stadt auf mich zugekommen war und mir angeboten hatte, mir ein Getränk zu kaufen. Da ich ihn noch nie zuvor gesehen hatte, ließ mich seine falsche Freundlichkeit stutzig werden. Ich nahm das Angebot an, nur um die Absichten des Mannes zu durchschauen. Unsere Ranches waren viele Kilometer voneinander entfernt und dazwischen lagen einige kleinere Farmen. Nach dem ersten Glas Whiskey hatte mir Turner von seinem Plan erzählt, die Farmer in der Mitte zum Verkaufen zu zwingen, was zur Folge gehabt hätte, dass sich unsere vergrößerten Gebiete berührt hätten. Nach dem dritten Glas – der Mann kannte keine Grenzen – hatte er sogar ein Bündnis mittels einer Ehe erwähnt. Er sagte etwas darüber, dass seine Tochter gerade ins heiratsfähige Alter gekommen wäre. Ich hatte das Mädchen noch nie gesehen, zum Teufel, niemand kannte sie. Sie war weggeschickt worden nach—

Oh, scheiße. Laurels Identität war kein Geheimnis mehr. Hiram Johns war kein anderer als Nolan Turner. Das bedeutete, dass sie Nolan Turners Tochter war. Seine entlaufene Tochter. Und der Mann auf dem Pferd daneben war der Mann, den sie heiraten sollte. Die Beschreibung, die sie uns gestern beim Frühstück gegeben hatte, war verdammt genau. Ich würde nicht einmal den tollwütigen Hund meines Nachbarn diesen Mann heiraten lassen.

Die anderen beiden Männer mussten entweder Turner oder Palmers Schlägertypen sein.

„Hat sein Bein gebrochen", antwortete Brody.

„So viel ist klar", murmelte Turner, der das offensichtlich nicht komisch fand. „Was ich vermisse, ist allerdings eine Tochter."

Ich sah zu Brody und dann wieder zu den Männern. „Hab sie nie gesehen."

Das mochte vielleicht sogar die Wahrheit sein, da Laurel nie gesagt hatte, dass sie die Tochter von Turner war. Also würde mich Gott nicht mit einem Blitz erschlagen, zumindest nicht heute.

„Er lügt", behauptete der fette Mann. Ein besseres Wort gab es für ihn nicht. Der Mann war einfach nur alt und fett und ich hatte Mitleid mit seinem Pferd.

Sheriff Baker schüttelte den Kopf und streckte seine Hand aus, um ihm Einhalt zu gebieten. „Nun, Palmer, beschuldigen Sie niemanden, wenn Sie keine Beweise haben."

„Um Ihnen die Arbeit zu erleichtern, Sheriff, können Sie gerne das Haus durchsuchen", bot Brody an.

Der Mann sah die anderen an. „Ich finde das sehr zuvorkommend, Sie nicht auch, Turner?"

„Die Ranch ist riesig. Sie könnte in irgendeinem dieser Häuser sein", schimpfte Palmer.

„Wenn ich drei Schüsse mit meinem Gewehr abgebe, werden die anderen auf dieser Ranch zu uns kommen", erklärte Brody. „Sie können sie alle über Ihre vermisste Tochter ausfragen und alles durchsuchen, aber ich will nicht erschossen werden, nur weil ich so eilig zur Waffe greife. Sheriff, wenn Sie die Schüsse abfeuern könnten, dann wird niemand aufgrund schneller Finger verletzt."

Der Sheriff tat genau das. Die lauten Knalle seines Gewehrs donnerten durch die stille Luft.

In der Entfernung konnte ich sehen, wie die anderen ihre Häuser, den Stall und die Scheune verließen.

„Da kommen sie", sagte ich und versuchte ruhig zu bleiben, obwohl ich diese Mistkerle einfach nur erschießen wollte. „Sie werden so schnell zu uns kommen, wie es in diesem Schnee möglich ist."

„In der Zwischenzeit, kommen Sie ruhig rein und suchen Sie sie", bot Brody an.

Turner und Palmer begannen schnell, abzusitzen. „Nur einer. Ich brauche nicht alle eure Schneespuren und den ganzen Schmutz im Haus."

„Na, sieh mal—", wütete Palmer los.

Brody hielt eine Hand hoch. „Was ist los, Turner? Brauchst du Hilfe dabei, nach einer Frau in einem Haus zu suchen?"

Die Gehässigkeit traf genau ins Schwarze. Turner hielt Palmer davon ab, abzusteigen und stieg stattdessen selbst vom Pferd. Er war Mitte fünfzig und noch recht flink. „Ich werde sie finden", versprach er.

Turner stapfte die Stufen hoch und wir machten ihm den Weg zur Tür frei.

„Füße abtreten", erinnerte ich ihn.

Schimpfend tat er es.

Eine Minute verging und wir standen geduldig auf der Veranda. Die anderen Bridgewater Männer näherten sich jetzt mit ihren Gewehren in den Händen. Brody und ich wussten beide, was er finden würde und was nicht. Palmer und die anderen wirkten ungeduldig und als wäre ihnen unbehaglich zumute.

Schließlich kam Turner wieder heraus und hielt ein Damenhöschen hoch. „Sie ist hier."

Brody seufzte laut, kratzte sich am Kopf und versuchte zerknirscht zu wirken. „Turner, haben Sie die auf meiner Kommode gefunden?" Er schüttelte seinen Kopf und grinste. „Sammeln Sie denn nie einen Preis, wenn Sie bei Belle sind? Die süße Adeline mit den langen, blonden Haaren und den großen Titten, ihr habe ich letzte Woche dieses Höschen abgeschwatzt."

Turner wurde tatsächlich rot.

„Was geht hier vor sich?", fragte Kane, der sein Gewehr über einen Arm geschwungen hatte. Neben ihm waren Simon, Rhys und Ian. Der Kampf war nun, in Turner und Palmers Augen, ausgeglichen. Allerdings hätten Brody und ich sie auch alleine überwältigen können. Ich verspürte das Verlangen genau das zu tun. Allein der Anblick von Palmer war ekelerregend. *Er* hätte Laurel geheiratet, wenn sie sich nicht in den Sturm gewagt hätte. Kein Wunder, dass sie ihr Leben riskiert hatte.

„Es sieht so aus, dass eine Frau vermisst wird. Turners Tochter."

„Ist das Ihr Pferd da drüben, Turner?", rief Simon. „Schrecklich, ein Pferd wegen eines Bruchs zu verlieren. Ich habe gehört, dass Mason es erschießen musste. Sie müssen dankbar sein, dass es nicht leiden musste."

„Wer zum Teufel schert sich um das Pferd? Ich muss meine Tochter finden." Er stemmte die Hände in die Hüften, die hübsche Unterhose wehte in der leichten Brise.

„Ein Paar Damenhöschen finden keine Frau", kommentierte Sheriff Baker. „Besonders, wenn wir wissen, dass wir alle schon ein- oder zweimal etwas von Belles Mädels mitgenommen haben."

„Dann werden wir mit unserer Suche fortfahren", beschloss Turner.

„Warum Sind Sie denn so wütend auf dieses Mädel?", fragte Ian mit seinem schottischen Akzent. Ich wusste, dass das bedeutete, dass er wütend war, aber Palmer wusste das nicht.

„Sie ist meine Verlobte", erwiderte Palmer.

Verlobte. Keine Chance. Laurel war die Unsere und er würde sie nicht anfassen.

„Ich habe den Männern gesagt, dass sie das ganze Gelände absuchen können", teilte ich den anderen mit und sie nickten zustimmend. „Da Sie nun wissen, dass Ihre Tochter nicht in meinem Haus ist, können wir doch weitermachen, oder? Andrews Haus, ah, da kommt er schon, wäre das nächste."

Andrew näherte sich mit seinem Gewehr in der Hand, Robert ging neben ihm. Turners Gruppe war nun definitiv in der Unterzahl. Wir hatten hier zwei aufgeblasene Schwätzer, einen Kleinstadt-Sheriff, dessen Gewehr in der Satteltasche steckte und zwei Handlanger. Sie waren ein Kinderspiel für eine Gruppe von Männern, die zu einem Regiment gehört hatten und eine Frau beschützten.

„Wir haben die Schüsse gehört."

Turner stapfte zu seinem Pferd und stieg wieder auf. Die ganze Gruppe machte sich auf den Weg zu genau dem Ort, an dem sich Laurel befand. Ich war zuversichtlich, dass sie gut versteckt war, da wir für solch eine Eventualität vorgesorgt hatten. Regimentsmänner planten für alle Situationen, besonders die gefährlichen.

Als wir vor seinem Haus waren, trat Andrew vor und hielt seine Hand hoch. „Sheriff, ich gebe *Ihnen* die

Erlaubnis, mein Haus zu durchsuchen. Meine Frau, Ann, ist drinnen mit unserem Neugeborenen und ich möchte sie nicht erschrecken."

„Meine Frau ist bei ihr zu Besuch und ich stimme mit ihm überein", fügte Kane hinzu. „Ich möchte nicht, dass sie sich auf ihrem eigenen Land um ihre Sicherheit sorgen muss."

Sheriff Baker nickte und stieg vom Pferd.

„Warten Sie, ich glaube nicht—"

Der Sheriff unterbrach Turner. „Vertrauen Sie mir nicht, dass ich meine Arbeit machen kann, Turner?"

Das brachte den Mann dazu wütend zu grummeln, aber er sagte nichts mehr.

Der Sherrif wandte sich Andrew zu. „Ich habe von dem Baby gehört. Ein Junge?"

Andrew nickte und lächelte mit väterlichem Stolz. Ich konnte sehen, dass auch Robert sich über das Interesse des Sheriffs freute, sich aber zurückhielt. Unsere Sitten waren nicht die von Simms oder die des Sheriffs und wir beabsichtigten, es auch weiterhin so zu halten. Andrew war der Mann, der legal gesehen, mit Ann verheiratet war und somit der alleinige Vater des Babys – in den Augen des Sheriffs.

„Christopher."

Andrew führte den Mann des Rechts die Stufen der Veranda hinauf und ging hinein. Dabei nahmen beide Männer ihre Hüte ab. Ich konnte Ann durch die offene Tür sehen. Sie hielt das Baby im Arm und Emma stand neben ihr.

Sie schlossen hinter sich die Tür, damit die Kälte nicht hineinzog. Während wir warteten, wurde es Zeit, einige Informationen von den anderen Männern einzuholen. „Es ist ehrenwert, dass Sie sich Sorgen um Ihre Tochter machen", sagte ich neutral.

Turners Blick wanderte von der geschlossenen Tür zu mir. „Wenn Sie einmal ein Kind haben, werden Sie es verstehen."

„Ach ja? Haben Sie sie nicht auf eine Schule weggeschickt, als sie noch ein Kind war?", erkundigte sich Kane, der seine Arme vor der Brust verschränkte. Sein Atem erschien in weißen Wölkchen.

„Sie würden die Sitten hier nicht verstehen, Mr. Kane, da Sie aus einem anderen Land kommen und all das", entgegnete Turner.

„Oh, ich glaube wir Engländer kennen uns gut mit Internatsschulen aus", meinte Brody. „Warum war sie draußen mit dem Pferd unterwegs, wo doch das Wetter so schlecht war?"

Turner drehte seinen Kopf zu Brody. Die Sehnen am Hals des Mannes traten hervor. „Sie ist vielleicht ein wenig geisteskrank", log er, wenn auch schlecht.

„Dann, Palmer – das ist doch Ihr Name?", als der Mann nickte, fuhr ich fort, „wenn das Mädchen ein bisschen geisteskrank ist, warum heiraten Sie sie dann?"

Er versteifte sich in seinem Sattel. „Ich heirate sie nicht für ihren Verstand."

„Machen Sie sich denn keine Sorgen um dumme Kinder?", fragte Ian und verstärkte seinen Akzent ein wenig.

„Da steht noch mehr auf dem Spiel als nur das", gab der Mann zu.

„Ach ja? Und was ist das?", fragte Robert. „Wenn Sie sie hier auf Bridgewater nicht finden werden, wo werden Sie dann Ihre Suche fortsetzen? Es gibt viel Land, wo sie sich aufhalten könnte."

„Ihr Pferd", wandte Turner ein, „liegt tot auf Ihrem Gelände."

„Dann könnte das Mädchen irgendwo zwischen hier und Ihrer Ranch tot auf dem Boden liegen", gab Simon zu bedenken.

Der Sheriff kam, gefolgt von Andrew, zurück nach draußen. Ann stand im Eingang.

„Sie ist nicht da drinnen, Turner. Zur Hölle, sie ist nicht hier. Diese Männer hätten sie in die Stadt gebracht, sobald sich das Wetter gebessert hatte oder hätten sie uns zumindest sofort bei unserer Ankunft übergeben", seufzte der Sheriff. „Wir werden nicht jedes Gebäude auf diesem Gelände durchsuchen, oder?"

„Haben Sie das Haus der Carters durchsucht? Was ist mit dem der Reeds? Beide Ranches liegen auf dem Weg zu uns", fragte Kane.

An den finsteren Blicken von Turner und Palmer konnte ich erkennen, dass sie das nicht getan hatten.

„Liegt hier etwa eine Voreingenommenheit vor, Sheriff?", fragte ich.

Sheriff Baker hielt eine Hand hoch. „Das Tier liegt auf eurem Land", stellte er fest.

„Wie bereits erwähnt, hätte sie irgendwo zwischen hier und Turners Land abgeworfen werden können. Der Sturm wütete unglaublich heftig und eine Frau allein in diesem Unwetter? Glauben Sie sie wäre so weit gekommen? Lebendig?"

Der Sheriff nickte weise. „Lasst uns gehen, Gentlemen. Wir haben genug Zeit verschwendet."

Die Männer sahen nicht glücklich aus. Turner und Palmer hatten keine Geschäftsvereinbarung ohne Laurel und die zwei Schlägertypen hatten keine Gesichter, in die sie schlagen konnten. Sheriff Baker stieg auf sein Pferd und tippte sich an den Hut. Er war der erste, der sein Pferd umdrehte und der Rest folgte widerwillig.

Erst als sie über die leichte Anhöhe in der Ferne geritten waren, was darauf hinwies, dass sie auf dem Rückweg in die Stadt waren, gingen wir nach drinnen. Es war an der Zeit die Wahrheit, und zwar die ganze Wahrheit, von Laurel zu erfahren.

10

AUREL

Als wir die Schüsse hörten, erstarrten die Frauen auf der Stelle. Sie hatten mir erklärt, dass drei Schüsse bedeuteten, dass etwas Schlimmes passiert war und alle Männer sofort zur Hilfe kommen müssten. Innerhalb weniger Minuten – die sich wie Ewigkeiten anfühlten – war Andrew durch den Hintereingang in die Küche gestürmt und führte mich zu etwas, was er das Priesterloch nannte. Es war ein geheimes Versteck, dass unter der Treppe lag. Es wurde durch eine verborgene Lasche geöffnet und ich passte mühelos hinein.

Andrew teilte mir klipp und klar mit, dass Männer bei Masons und Brodys Haus waren und sehr wahrscheinlich nach mir suchten. Er hatte den Sheriff sogar aus der Entfernung erkannt, was bedeutete, dass keine wirkliche Gefahr bestand. Nur für mich. Er hätte mich aus dem Weg geschubst, um zuerst zu Ann und dem Baby zu kommen, wenn wirklich eine Gefahr bestanden hätte.

Natürlich war es mein Vater. Mason und Brody hatten angenommen, dass sie nach mir suchen würden und ich wusste es auch. Ich wollte bloß nicht wahrhaben, dass sie tatsächlich da waren. Das bedeutete nur, dass ich noch wertvoll für sie war. Sie *sorgten* sich nicht um mich, sondern brauchten mich nur für ihre eigene Bereicherung, was auch immer das war. Mein Magen verknotete sich bei der Vorstellung, dass mich Mr. Palmer oder mein Vater finden würden. Also versteckte ich mich ohne Widerrede. Ann gab mir eine Decke, auf die ich mich setzen konnte und ich machte es mir so bequem wie möglich. Die Zeit verging im Dunkeln allerdings nur sehr langsam.

Ich hörte die Stimmen der Frauen, wenn auch nur gedämpft, das Schreien des Babys und dass es sich wieder beruhigte. Ich konzentrierte mich auf meine Atmung und blieb so ruhig wie möglich. Die Klänge von Männerstimmen brachten mich dazu, aufmerksam zuzuhören. Ich erkannte Andrews Stimme, aber die andere war mir unbekannt. Sie redeten in lockerem, freundschaftlichem Ton über das Baby.

„Sie können gerne das Haus durchsuchen, Sheriff", bot Andrew an.

„Es ist mir egal, ob sie hier ist oder nicht. Tatsächlich würde ich sie auch verstecken, wenn sie hier wäre. Turner ist ein verdammter...", er hustete und fuhr dann fort, „ich bitte um Entschuldigung, die Damen. Der Umgang mit ihm ist ziemlich schwierig. Wenn dann noch dieser Palmer dazu kommt, hat man es gleich mit zwei Klapperschlangen zu tun. Grausam. Gemein. Hinterlistig. Wenn sie etwas anderes als das vorhätten, würden sie das arme Mädchen in Ruhe lassen."

„Armes Mädchen? Was meinen Sie damit, Sheriff?", fragte Ann. „Haben sie ihr wehgetan?"

„Mrs. Turner starb bei der Geburt des Mädchens und der Mann hat es nie verwunden. Soweit ich mich erinnere, machte er dem Mädchen sogar Vorwürfe, dass sie ihre Mutter umgebracht habe und hat sie dann einfach auf eine Internatsschule geschickt. Habe seither weder Haut noch Haar von ihr gesehen."

„Woher wissen Sie dann, dass sie überhaupt vermisst wird oder wieder in Simms ist?", wollte Andrew wissen.

Es entstand eine kurze Pause. „Das weiß ich nicht. Wenn Sie von dem Mädchen hören, schicken Sie sie zu mir, nicht zu ihrem Vater. Ich würde ihn nicht einmal meinem schlimmsten Feind an den Hals wünschen."

„Danke, Sheriff, das machen wir."

„Ma'am."

Für mehrere lange Minuten hörte ich nur Stille, weshalb ich annahm, dass sie wieder nach draußen gegangen waren. Dann hörte ich Schritte. Die Tür öffnete sich und ich erschrak, da mich das helle Licht blendete.

„Komm raus, Schatz. Sie sind weg." Mason.

Ich packte seine Hand und stand da, blinzelte in das helle Sonnenlicht. Ich hielt mich an ihm fest, nicht nur weil meine Beine wegen des langen Sitzens kribbelten, sondern auch weil ich die Verbindung brauchte. Alle waren da und starrten mich an. Mason und Brody. Robert, Andrew und Ann. Rhys, Simon und Cross. MacDonald und McPherson. Emma mit zwei Männern, von denen ich annahm, dass sie ihre Ehemänner waren, Ian und Kane.

„Laurel, möchtest du dich vielleicht vorstellen?", fragte Brody.

Ich blickte ihn an und dann zu allen anderen. Auch wenn sie nach außen hin nicht feindselig wirkten, waren sie ganz bestimmt nicht glücklich. Ich schluckte. Ich wusste, dass ich keine andere Wahl hatte, als die Wahrheit zu sagen. Die ganze Wahrheit. „Ich...ich bin Laurel Turner."

„Warum hast du uns das nicht sofort gesagt?", fragte Mason. Seine Lippen waren zu einer dünnen Linie zusammengepresst.

„Ich hatte Angst, Angst davor, dass ihr mich zurückschicken würdet, wenn ihr wüsstet, wer mein Vater ist."

„Dich zu diesem verdammten Mistkerl zurückschicken?"

„Ich...ich kannte euch nicht. Er hat viel Macht und kann in der Gemeinde viel bewirken und ich wusste nicht, ob ihr Freunde seid."

„Du hast Gefahr zu meiner Tür, zu meiner Familie gebracht." Andrew blickte mich finster an.

„Zu unserer Frau ebenfalls", fügte Ian mit tiefer Stimme hinzu.

„Allein dafür wirst du bestraft werden", verkündete Mason.

MASON

„Bestraft?", fragte Laurel.

Ich nickte und führte sie zu dem Stuhl, auf dem ich am gestrigen Abend gesessen hatte. „Du hast gelogen, Laurel und das hat uns alle in Gefahr gebracht. Wenn du uns von Anfang an die Wahrheit gesagt hättest, hätten wir dich beschützt."

Ich zog sie zwischen meine Knie und hielt ihre Schenkel fest.

„Ich hatte Angst, dass ihr mich zurückschickt!"

„Haben wir irgendwelche Andeutungen gemacht, dass wir auf irgendeine Art und Weise so sind wie Nolan Turner?", fragte Brody.

Sie schüttelte den Kopf.

„Beug dich über meinen Schoß, Schatz." Ich klopfte auf meinen Oberschenkel.

„Warum?"

„Ich werde dir den Hintern versohlen."

„Nein!", schrie sie und versuchte einen Schritt nach hinten zu machen.

„Du hast alle hier in Bridgewater in Gefahr gebracht und du musst dich den Konsequenzen stellen."

Wenn ich es zuließ, würde sie den ganzen Tag vor mir stehen und streiten. Stattdessen brachte ich sie in Position. Brody kniete sich hin und zog das Kleid nach oben über ihre Hüften. Da ihr Höschen draußen auf der Veranda lag, war sie darunter komplett nackt.

„Alle schauen zu!", schrie sie, während sie sich auf meinem Schoß wand.

„Das tun sie."

Klatsch.

„Sie müssen wissen, dass du gelernt hast, wie die Handlungen einer Person alle anderen hier auf der Ranch beeinflussen können. Sie müssen sich sicher sein können, dass du so etwas nie wieder tun wirst", antwortete Brody.

Klatsch.

„Du hast Frauen und ein Baby in Gefahr gebracht, Laurel."

Klatsch.

„Es tut mir leid!", schrie sie.

Ich sah zu den anderen und alle nickten uns zustimmend zu, bevor sie den Raum verließen. Robert, Ann und Andrew gingen mit ihrem Baby in die Küche. Die anderen ging durch die Eingangstür nach draußen.

Sie waren zufrieden, dass sie angemessen bestraft worden war, aber weder Brody noch ich waren fertig. Ich versohlte ihr kräftig den Hintern, da sie lernen musste, wo ihr Platz war.

„Wir werden dich beschützen, Laurel. Du wirst uns erzählen, wenn es jemals ein Anzeichen von Gefahr gibt, egal ob es ein starker Sturm oder dein furchtbarer Vater ist."

„Ich bin dran", sagte Brody.

Ich legte eine Hand auf ihr Kreuz, als Brody ihr als nächstes den Hintern versohlte. „Keine Lügen mehr, Schatz."

Mittlerweile weinte Laurel. Ihr Körper hing zusammengesackt über meinen Schenkeln.

„Wir würden dich niemals Turner zurückgeben. Siehst du das nicht? Wir werden dich niemals zurückgeben. Du gehörst zu uns."

Brody strich beruhigend mit der Hand über ihren roten Arsch.

„Ich dachte, dass ihr mich nur benutzt", schniefte sie.

Vorsichtig richtete ich sie auf, so dass sie auf meinem Schoß saß. Sie atmete zischend aus, als sie sich auf ihr wundes Fleisch setzte. „Dich benutzen?" Ich wischte ihr die Tränen von den Wangen.

„Ihr...wir haben Dinge getan...und jetzt bin ich gebrauchte Ware. Meine Tugend ist ruiniert. Niemand wird mich mehr wollen."

Brody hob ihr Kinn an, damit sie ihn direkt anschauen konnte. „Gebrauchte Ware? Du gehörst uns, Laurel. Niemandem sonst. Du hast uns deine Tugend *gegeben*, niemandem sonst, genauso wie du uns deine Jungfräulichkeit geben wirst. Nicht nur deine Pussy, sondern auch deinen Arsch."

„Aber...ihr habt gesagt, dass ihr damit warten würdet...meine Pussy zu füllen, bis ich verheiratet bin. Dass ihr mit mir sp...spielen und mich dann zurückschicken würdet." Sie sah so verloren und verwirrt aus.

„Ich sollte dir noch einmal den Hintern versohlen, weil du so unehrenhaft von uns denkst. Wir haben deine Pussy noch nicht ausgefüllt, weil du nicht mit uns verheiratet bist. Noch nicht. Jetzt kennen wir die Wahrheit und es gibt nur einen Weg, um dich vor deinem Vater und Palmer zu retten."

Brody nickte zustimmend.

„Wie?", fragte sie mit hoffnungsvoller Stimme.

„Wir werden heiraten."

„Heiraten?", keuchte sie. „Ihr werdet mich heiraten, nur um mich vor Mr. Palmer zu retten?"

„Verdammt nochmal, nein", widersprach Brody. „Wir heiraten dich, weil wir schon von dem Moment an, als du bewusstlos bei uns auf dem Küchentisch gelegen hast, gewusst haben, dass du zu uns gehörst. Aber erst einmal wirst du uns die ganze Geschichte erzählen." Als sie nicht zu reden begann, fügte er hinzu: „Jetzt."

Sie atmete tief ein. „Mein Vater ist Nolan Turner. Offensichtlich habt ihr von ihm gehört."

„Wir sind ihm in der Vergangenheit schon ein paar Mal über den Weg gelaufen. Er will einen Staudamm zum Nebenfluss bauen, der durch sein Gelände fließt, was bedeuten würde, dass alle Höfe und Farmen flussabwärts kein Wasser mehr hätten." Brody stand auf, ging zum Fenster, schaute hinaus und kam zurück. „Wir sind hier nicht davon betroffen, da wir uns am Fluss befinden und unsere Wasserrechte seine übertreffen, aber ich kenne viele andere Landbesitzer, die gegen ihn vorgehen."

Laurel nickte. „Ich habe mitbekommen, dass man ihn in der Gemeinde nicht besonders mag, was auch bedeutet, dass man mich nicht mag. Seine Tochter zu sein, hat eine Reihe Anwerber vertrieben, was Mr. Palmer – und meinem Vater – bei der Planung meiner Ehe mit ihm half."

„Wir hatten davon gehört, dass er eine Tochter hatte, aber sie war auf eine Schule nach—"

„—Denver geschickt worden", beendete Laurel den Satz und bestätigte damit die Gerüchte. „Da meine Mutter bei meiner Geburt gestorben war, gab mein Vater mir die Schuld dafür. Ein Kindermädchen zog mich groß, bis ich alt genug war, um zur Schule geschickt zu werden. Daher rührt auch mein schlechtes Wissen über diese Gegend und mein miserabler Orientierungssinn. Ich bin erst vor einem Monat zurückgekehrt."

Brody sah sie prüfend an. „Du bist schon lange kein Schulmädchen mehr."

„Ziemlich lange." Sie schniefte. „Mein Vater hat viel dafür bezahlt, dass ich lange dortblieb. Aus den Augen, aus dem Sinn."

„Bis er dich brauchte", kommentierte ich.

Laurel wirkte auf meine Worte hin verletzt. Ich wollte sie nicht verletzen, aber es *war* die Wahrheit und sie wusste auch, dass ich Recht hatte.

„Ich hatte geglaubt – angenommen –, dass mein Vater wollte, dass ich zurückkomme, weil er seine Meinung geändert hatte. Dass er mich wiederhaben wollte. Er wollte mich wieder hierhaben, aber aus völlig anderen Gründen." Sie schaute hinab auf ihre gefalteten Hände in ihrem Schoß. „Ich habe meinen Vater nicht gesehen, seit ich sieben war. Ich fühle mich dem Mann nicht nahe. Ich hatte Hoffnung, einen Hauch Hoffnung, dass er mich wollte." Sie schüttelte ihren Kopf und ich konnte die Traurigkeit und Scham in ihrem Gesicht sehen. Traurigkeit über die falsche Hoffnung, die er ihr gegeben hatte, und Scham darüber, dass sie geglaubt hatte, dass sie gewollt wurde. „Ich war dumm, es überhaupt in Betracht zu ziehen."

Ich zog sie in meine Arme und ihren Kopf unter mein Kinn. „Wir wollen dich, Schatz."

„Zur Hölle, ja", bestätigte Brody.

11

AUREL

„Aber...aber warum?", fragte ich. Mir war schwindelig von all dem, was in den letzten zehn Minuten passiert war. Alle waren sauer auf mich und sie hatten jedes Recht dazu. Ich hätte ihnen sagen sollen, wer mein Vater war, aber ich hatte mich nur selbst beschützt. Ich war weder daran gewöhnt, an andere zu denken, noch hatte ich gedacht, dass es noch andere – geschweige denn ein Baby – auf der Ranch *gab,* als ich meine Lüge aufgetischt hatte. „Mich zu heiraten, bedeutet nur, dass ihr euch meinen Vater zum Feind macht. Er wird wissen, dass ihr ihn heute reingelegt habt und das wird ihn wütend machen. Außerdem habt ihr Mr. Palmer kennengelernt. Er ist niemand, mit dem man sich anlegen sollte. Mich zu heiraten, würde zwar bedeuten, dass er das nicht mehr tun könnte, aber er wird auf irgendeine Art und Weise Revanche verüben."

Brody stützte seine Hände in die Hüften. „Schatz, dein Vater ist bereits ein Feind und das begann schon lange vor deiner Rückkehr."

„Ach ja?"

„Er kam auf mich zu, um zu versuchen, die kleineren Ranches zwischen unseren zu verdrängen."

Meine Augen weiteten sich, als ich über die Distanz nachdachte. „Das sind Kilometer um Kilometer an Land!"

Mason nickte und ich sah zu ihm. „Diese Familien dazwischen sind Freunde von uns. Wir stehen hinter ihnen und helfen ihnen jetzt dabei, sie vor Turner zu beschützen."

„Sie haben beide viel Macht", warnte ich.

„Mr. Palmer kann es mit uns nicht aufnehmen. Glaubst du nicht, dass wir das, was uns gehört, verteidigen können?", fragte Mason.

Ich dachte über seine Worte nach, erfasste ihre beiden sehr großen Körper, die Art, wie sie dominant und befehlend waren. Bei ihnen fühlte ich mich beschützt und in Sicherheit. Glaubte ich, dass sie mich vor der Wut meines Vaters beschützen konnten? Ja.

„Warum würdet ihr mich beschützen wollen? Ich habe euch angelogen und ihr könnt jede Frau haben, die ihr wollt."

„Willst du, dass ich dich nochmal übers Knie lege?", fragte Mason mit tiefer Stimme. Seine dunklen Augen verengten sich.

Ich biss mir auf die Lippe. „Aus welchem Grund?"

„Glaubst du, wir hätten dich angefasst, wenn wir nicht vorgehabt hätten, dich zu heiraten?"

Ich machte eine Pause. „Na ja, ja."

Brody atmete aus und schüttelte langsam seinen Kopf. „Entweder bist du zuvor noch nie ehrenhaften Männern begegnet oder du wurdest vor allen weggesperrt."

„Vielleicht ist beides der Fall, Brody", sagte Mason und behielt mich dabei im Blick.

„Wir fahren in die Stadt", antwortete Brody. Mason hob mich von seinem Schoß und führte mich zur Tür, wo er mir in den Mantel half.

„Warum?" Es schien, als würde ich immer wieder die gleiche Frage stellen.

„Um dir zu beweisen, dass wir wirklich ehrenhaft sind."

Zwei Stunden später stand ich vor dem Pfarrer am Altar der kleinen Kirche in der Stadt und heiratete Mason. Brody und die Frau des Pfarrers standen als Zeugen daneben. Wie sie entschieden hatten, welcher Mann mich legal zu seiner Frau nehmen sollte, wurde mir nicht mitgeteilt. Der Kuss war kurz und unschuldig, aber in Masons Augen konnte ich unausgesprochene Versprechen sehen, von denen ich wusste, dass er – und Brody – sie später erfüllen würden.

Ich trug kein Hochzeitskleid, sondern mein zerrissenes Kleid. Ich behielt meinen Mantel an und ließ ihn zugeknöpft, damit keine Fragen gestellt wurden. Wir verweilten nicht in der Stadt, da es die Männer eilig zu haben schienen, vor der Dunkelheit, die um diese Jahreszeit früh kam, auf die Ranch zurückzukehren. Auf unserem Weg aus der Stadt ritt ich mit Mason, aber sobald wir eine gute Distanz hinter uns gebracht hatten, ritt Brody neben uns und zog mich auf seinen Schoß. „Du hast zwar Mason geheiratet, aber du bist auch die Meine", verkündete er, wobei sein Atem warm über mein Ohr strich. „Sobald wir zu Hause sind, werde ich es dir beweisen."

Die Reise ging schnell vorbei, da ich die Zeit damit verbrachte, zu überlegen, *wie* er vorhatte, es zu beweisen.

MASON HALF mir aus dem Mantel und hängte ihn an den Haken neben der Tür.

„Vielleicht könnte ich ein paar andere Kleider bekommen?" Ich sah an meinem zerrissenen Kleid herunter. „Das Kleid kann man nicht mehr flicken und ich habe gar keine Unterhose."

„Hmmm", machte Brody, während er seinen eigenen Mantel aufhängte.

„Kleid, ja. Unterhose, nein", antwortete Mason. „Ich bin mir sicher, dass Emma oder Ann sich freuen darüber werden, mit dir einige neue Kleider auf dem Markt auszusuchen. Für die nächste Woche oder so wirst du allerdings gar keine Kleider brauchen."

Nach seinem Blick, als er auf mich zukam, zu urteilen, glaubte ich ihm jedes Wort. Er beugte sich vor und bevor ich darüber nachdenken konnte, was er vorhatte, trug er mich schon über seine Schulter geworfen nach oben. „Mason!"

Seine Hände hielten meine Schenkel fest an Ort und Stelle und ich hob meinen Kopf, um Brody anzusehen, der uns folgte. Er zog die Mundwinkel leicht hoch und ich wusste, dass er mir keine Hilfe anbieten würde.

„Es ist Zeit, dich zu der Unseren zu machen, Ehefrau", verkündete Brody.

Ehefrau. Dieses eine Wort war zugleich einschüchternd und verheerend und nervenaufreibend. Ich war mit zwei Männern verheiratet. Es war eine Sache gewesen, sie als eine Schneesturm Liebelei zu betrachten, aber das hier war etwas völlig anderes. Die Art und Weise, wie Brody mich ansah, ließ mich wissen, dass da so viel mehr war.

Mason stellte mich nicht zurück auf die Füße, sondern ließ mich mit dem Rücken auf das Bett in seinem Zimmer fallen. Ich prallte einmal ab, aber hatte keine Zeit, mich auf meine Ellbogen zu stützen, bevor er schon über mir war und mich küsste. Hierbei handelte es sich nicht um ein keusches Küsschen wie bei der Zeremonie, sondern um einen richtigen Kuss. Masons Lippen waren weich, aber trotzdem forsch und seine Zunge drang in meinen Mund ein und spielte mit meiner. Mit seiner Hand in meinem Nacken brachte er mich genau in die Position, in der er mich haben wollte, um meinen Mund weiter zu erkunden. Sein Bart fühlte sich an meiner Haut gleichzeitig weich, kratzig und glatt an. Ich spürte, wie sich das Bett auf einer Seite neigte.

„Ich bin dran", murmelte Brody.

Mason hob seinen Kopf und mein Blick traf auf seine dunklen Augen. *Oh.* Er hatte mich vorher schon angesehen, aber dieses Mal war es anders. Tiefer, dunkler, stärker. Es war, als ob er einen Teil von sich zurückgehalten hätte und jetzt, da wir verheiratet waren, konnte er seinem wahren Ich freien Lauf lassen. Er setzte sich zurück und erlaubte Brody, mein Gesicht in seine Richtung zu drehen. Er küsste mich ebenfalls, aber er küsste ganz anders. Sein Mund war hartnäckiger, rauer und definitiv fordernder. Er schmeckte sogar anders.

Ich vergrub meine Finger in den seidigen Strähnen seiner Haare und jedes Mal, wenn ich einatmete, stießen meine Brüste gegen seine Brust. Alle Sorgen und Ängste fielen von mir ab. Mein Körper entspannte sich und wurde unter seiner Berührung weich. Mein Blut wurde heiß, meine Nippel fester und meine Schenkel feucht. Mein Körper erkannte beide Männer und bereitete sich auf sie vor.

„Brody...ich...mehr", flüsterte ich gegen seinen Mund. Küssen reichte nicht mehr aus. Seit Tagen hatten sie mich auf das hier vorbereitet – entweder durch Berührungen oder Worte. Sie hatten mir...mehr versprochen.

Ich war mir nicht sicher wann, aber Mason hatte sich neben das Bett gestellt. Er nahm meine Hand und zog mich hoch, so dass ich neben ihm stand. Er riss mir mühelos das Kleid vom Leib, während Brody mir meine Stiefel mit den neuen Schnürsenkeln auszog.

„Sollten wir ihr erlauben, ein Korsett zu tragen oder sie unter ihren Kleidern nackt sein lassen?", fragte Mason, als er den steifen Stoff des Korsetts aufschnürte.

„Die Vorstellung, dass sie unter einem hübschen und anständigen Kleid vollständig nackt ist, ist sehr reizvoll", antwortete Brody. „Ich hatte bisher kaum Gelegenheit, mit ihren Nippeln zu spielen, aber das werde ich sofort nachholen."

Mason ließ das Korsett auf den Boden fallen. Brody drehte mich, so dass ich ihn ansah. Als er sich auf die Seite des Bettes setzte, befanden sich meine Brüste für ihn direkt auf Augenhöhe. Mit je einer Hand umfasste er meine Brüste und seine rauen Handinnenflächen rieben gegen mein sensibles Fleisch. „Sie sind perfekt, Schatz."

Er ließ seine Daumen über die Spitzen gleiten und ich schrie auf, als sich das Gefühl in meinem ganzen Körper ausbreitete. Meine Pussy war feucht, die Säfte der Erregung benetzten meine Schenkel, während sich meine inneren Wände unfreiwillig und in freudiger Erwartung zusammenpressten. Er beließ es nicht dabei, sondern begann zu ziehen und zu zupfen und zu zwicken.

Ich konnte das Gleichgewicht nicht halten und legte meine Hände auf seine Schultern, um mich abzustützen. „Brody!"

„Brauchst du meinen Mund auf dir?" Er wartete nicht auf meine Antwort, sondern senkte einfach nur seinen Kopf und nahm einen Nippel in seinen Mund. Er leckte darüber, ließ die flache Seite seiner Zunge über die aufgerichtete Spitze gleiten, bevor er daran saugte.

„Fühlt sich das gut an, Schatz?", flüsterte Mason, der direkt hinter mir stand. Er küsste mich vom Hals bis über meine Schultern und ließ seine Hände an meinen Seiten hoch und runter gleiten. „Deine Haut ist weich wie Seide."

Brody kümmerte sich mit seinem Mund um meine Brüste und benutzte seine Finger, um mit dem anderen Nippel zu spielen und ihn zu bearbeiten, bevor er wechselte. Ich weiß nicht, wie lange er sich darauf konzentriert hatte, aber als er schließlich seinen Kopf hob, bewegten sich meine Hüften in ihrem eigenen Rhythmus gegen ihn.

„Schauen wir mal, ob ihr ein wenig Schmerz zusammen mit ihrem Vergnügen gefällt", sagte Mason.

Bevor ich überhaupt über die Bedeutung nachdenken konnte, schlang er seine Arme von hinten um mich und übernahm für Brody, wobei seine großen Hände meine Brüste umfassten. Seine Haut war so dunkel, die Haare dort ließen ihn so männlich und wild im Vergleich zu meiner blassen, empfindlichen Haut wirken. Seine Finger ergriffen meine Nippel und anstatt einfach nur mit ihnen zu spielen, wie Brody es gemacht hatte, zog Mason die Spitzen langsam nach vorne und dehnte sie lang und...ließ...nicht los. Ich wölbte meine Brust nach vorne, um das schmerzhafte Vergnügen zu lindern, während ich aufschrie. Er ließ nicht von mir ab, sondern zog beständig und gleichmäßig an ihnen und dann zwickte er sie.

„Mason!" Ich stöhnte und meine Fingerspitzen bohrten sich in Brodys Schultern. Meine Augen weiteten sich, während ich in Brodys helle Augen sah. Ich konnte dort Hitze, Begehren und Verlangen sehen. Er beobachtete mich aufmerksam, vielleicht um sich zu vergewissern, dass mir nicht wirklich wehgetan wurde. Es *war* schmerzhaft, aber Masons grobe Berührung tat mir nicht weh. Sie war einfach...da.

Mason ließ los und hob meine Brüste an, damit Brody leicht an einer Spitze nuckeln konnte, dann an der anderen, wodurch er das Brennen meiner Haut linderte. Er tat das nur so lange, bis ich beruhigt war und meine erhöhte Erregung ein wenig nachgelassen hatte, nur damit Mason sein grobes Spiel wiederholen konnte. Während ich Brodys Blick hielt, senkte er eine Hand zwischen meine Beine und ein Finger strich über meine Schamlippen. Ich konnte mich nicht bewegen, konnte nichts tun, außer anzunehmen, was sie taten, da Mason nicht von mir abließ.

„Sie ist sehr feucht", stellte Brody fest. „Es gefällt ihr. Gefällt es dir, welche Gefühle Mason in dir auslöst, Schatz?"

„Ich...oh", seufzte ich. Ich konnte nicht antworten, weil Brodys Finger über meine Klitoris glitten und mit ihr spielten. Er musste beide Hände benutzt haben, da ich auch einen Finger am Eingang meiner Pussy spüren konnte. Sie hatten ihr Versprechen, sie bis zur Hochzeit nicht zu füllen, eingehalten.

„Wir sind jetzt verheiratet. Bitte, Brody", flehte ich. Ich hob meine Hüften seinem Finger entgegen und sah, wie er grinste.

„Sollen wir dich füllen, Schatz? Willst du einen Schwanz in deiner Pussy?"

Ich nickte.

„Schauen wir mal, wie eng du bist." Nur seine Fingerspitze drang in mich ein und ich umklammerte sie fest.

12

AUREL

„Ah!" Es war nicht genug. Das bloße Gefühl gefüllt zu werden, wenn auch nur ein kleines bisschen, brachte mich dazu, mehr zu wollen. Aber sein Finger war groß und mein Körper war unerprobt und es war sehr eng.

„So eng. Oh Gott, Mason, sie wird unsere Schwänze strangulieren." Er drang ein wenig weiter in mich ein. „Ich will, dass du jetzt für uns kommst. Während Mason mit deinen Nippeln spielt, werde ich über diesen besonderen Punkt in dir...genau...hier reiben und du wirst kommen. Jetzt."

Ich konnte nichts anderes tun, als seinem Befehl Folge zu leisten, da mein Körper durch Masons hartnäckige Finger an meinen Brüsten sehr gut vorbereitet worden war. Irgendwoher wusste Brody, dass es in mir einen Punkt gab, der mich sofort würde kommen lassen. Möglicherweise war es die Kombination seines Fingers und des fast schmerzlichen Ziehens an meinen Nippeln. Was auch immer es war, ich schrie, weil das Gefühl so intensiv war, so heiß, so vollkommen anders, dass ich nicht wollte, dass es jemals endete. Ich bewegte meine Hüften, drückte sie auf und über Brodys Finger. Er ließ aber nicht zu, dass der Finger noch tiefer in mich eindrang, sondern rieb nur über den Punkt, den er gefunden hatte. Es war...herrlich — dieser Punkt, über den er rieb.

Masons Mund küsste über meine schweißnasse Schulter, während er meine Nippel losließ und meine Brüste nur noch mit seinen Händen umfasste, wobei er sie hielt, als ob sie schmerzen würden, wenn er das nicht täte. Brody beugte sich zu mir und küsste mich langsam und innig. Als er seinen Kopf zurückzog, blickte er mir in die Augen. „Zieh Mason aus, Schatz."

Er hielt mich an den Handgelenken fest und drehte mich um. Mason stand da, groß und breit und wartete. Ich betrachtete ihn von Kopf bis Fuß, jeden männlichen Zentimeter von ihm und konnte den harten, dicken Umriss seines Schwanzes, der gegen seine Hose drückte, sehen.

„Ich kann es nicht erwarten, dich zu ficken", sagte er. Die Vorstellung jagte mir einen Schauder durch den Körper. Ich knöpfte sein Hemd vorne auf, während er seine Stiefel von den Füßen zog. Er riss sich das Hemd vom Körper, als ich seine Hose öffnete und sie über seine Hüften nach unten zog. Sein Schwanz sprang heraus, rot und dick und erwartungsvoll. Eine klare Flüssigkeit trat aus der Spitze hervor.

Ich schaute über meine Schulter und sah, wie Brody den Rest seiner Kleidung auszog, damit er ebenso nackt war. „Leg dich hin", befahl Brody.

Ich setzte mich auf die Seite des Bettes und legte mich

dann langsam und zögernd hin. Ich war immer noch so erregt, selbst nach dem Vergnügen, das sie mir gerade gegeben hatten, vielleicht sogar noch mehr erregt als zuvor. Ihre Schwänze so hart und bereit zu sehen, war der Beweis dafür, wie sehr sie mich wollten. Sie hatten Recht gehabt. Mein Körper log nicht. Ich wollte sie so sehr und die Feuchte zwischen meinen Beinen war einer der vielen Hinweise darauf.

„Du bist vielleicht mit Mason verheiratet, aber ich werde dein Jungfernhäutchen durchbrechen. Ich habe es mit meinem Finger in dir gespürt. Es gehört mir, Schatz, und du wirst es mir geben. Jetzt spreize deine Beine, damit wir deine hübsche Pussy sehen können."

Meine Augen weiteten sich bei seinen ungehobelten und primitiven Worten. Ich hob meine Beine, die über die Seite des Bettes hingen, winkelte die Knie an und zog sie nach hinten, so dass meine Füße auf dem Bett standen. Als ich sie nicht weit genug spreizte, hob Brody nur eine Augenbraue und wartete.

Beide Männer standen da und starrten mich an. Sie waren nackt und so gut aussehend. Wohingegen Brody größer war, hatte Mason breitere Schultern. Die Haare auf ihren Brüsten hatten unterschiedliche Farben, aber bei beide hatten wohl definierte Muskeln. Beide Schwänze zeigten auf mich. Beide waren dick und hart und schon fast wütend, so bereit waren sie für mich.

Ich leckte mir über die Lippen und erinnerte mich an den Geschmack ihrer harten, aber weichen Haut, den salzigen Geschmack ihrer Samen. Ich spreizte die Beine und öffnete mich ihnen auf mehr als eine Art. Ich öffnete ihnen nicht nur meinen Körper, sondern auch mein Herz, da ich ihnen vertrauen musste, dass sie mich beschützen und behüten, mich gut behandeln und schätzen würden. Sie hatten gesagt, dass sie mich vor Leuten wie Mr. Palmer oder meinem Vater schützen würden und ich musste es ihnen glauben. Ich hatte keine Wahl, genauso wie ich keine andere Wahl hatte, als meine Beine weiter zu spreizen und dann noch weiter, während sie mich lüstern anstarrten.

Ihre Augen wanderten zwischen meine Beine.

„Ihre Pussy tropft. Ich kann es von hieraus sehen."

„Diese Löckchen sind so atemberaubend."

Ich wollte meine Beine wieder schließen, aber wusste, dass sie nur darauf bestehen würden, dass ich sie wieder spreize.

„Wir werden sie später rasieren."

Meine Augen weiteten sich bei ihren Worten, wegen ihrer freimütigen Diskussion über meinen Körper.

„Wir müssen wenigstens etwas Rot da unten lassen. Später. Jetzt muss ich sie zu der Meinen machen", sagte Brody, platzierte ein Knie auf dem Bett und positionierte sich zwischen meinen Schenkeln.

Meine Haut war warm und gerötet. Ich konnte es spüren. Die Steppdecke unter mir war weich. Das Zimmer wurde nur von dem weichen Schein der Lampe neben dem Bett beleuchtet. Der Geschmack der Küsse beider Männer vermischte sich in meinem Mund. Brody umfasste seinen Schwanz fest in seiner Faust, beugte sich nach unten, stützte sich auf einer Hand ab und brachte sich an meinem Eingang in Position. Er bewegte die breite Spitze über meinen feuchten Lippen vor und zurück, bevor er ihn an meiner Öffnung ansetzte und leicht nach vorne drückte.

Die leichte Dehnung ließ mich zusammenzucken. Er war so groß. So viel größer als sein Finger, den er vorher nur ein kleines bisschen in mich gedrückt hatte. Ich wusste, dass er seinen ganzen Schwanz in mich stecken würde und ich spannte mich an, da ich ebenfalls wusste, dass es wehtun würde und ich fragte mich, ob der Akt überhaupt möglich war. Meine Augen weiteten sich und meine Finger vergruben sich in der Steppdecke.

„Warte", hielt Mason ihn auf. Brody erstarrte und ich spannte mich noch mehr an. Mein Atem erklang stoßweiße. „Sie ist noch nicht bereit."

Brody sah an meinem Körper hoch, so dass sich unsere Blicke trafen. „Ah", sagte er mit rauer, tiefer Stimme. Er ließ seinen Schwanz los und stützte sich mit seiner anderen Hand direkt neben meinem Kopf ab. Er war direkt über mir und unsere Nasenspitzen berührten sich fast.

„Schh", summte er, bevor er seinen Kopf nach unten beugte, um mir einen Kuss zu geben. Dabei berührte er meine Lippen nur leicht. „Hör mir zu, Schatz."

Er war so nah, dass ich seine rauen Bartstoppeln und die goldenen Flecken darin sehen konnte.

„Weißt du, was mich so hart für dich werden lässt?"

Ich schüttelte meinen Kopf, aber hielt seinem Blick stand.

„Das kleine Geräusch, das du im Hals machst, wenn du kommst. Die Art und Weise, wie du dir auf die Unterlippe beißt. Die Farbe deiner Nippel."

„Oh", flüsterte ich, es war kaum mehr als ein Ausatmen.

„Mir gefällt es, wie deine Pussy schmeckt", fügte Mason hinzu. „Wie sich deine Augen überrascht weiten, wenn du kommst und dann fallen sie zu, wenn du dich dem Gefühl hingibst."

„Wir werden dir niemals wehtun, Schatz", murmelte Brody.

„Du...du bist zu groß", gab ich zu. „Ich glaube nicht, dass du reinpassen wirst."

Brody strich mir beruhigend meine Haare aus dem

Gesicht. „Dann lass uns dich noch weiter auf meinen Schwanz vorbereiten, okay?"

Ich nickte, beruhigt von seinen Worten, seinem sanften Tonfall.

Er veränderte seine Position und griff nach unten, um seine Finger über meine Schamlippen gleiten zu lassen und das Geräusch meiner Feuchtigkeit füllte die Luft. Er steckte einen Finger in mich und meine Hüften wölbten sich vom Bett. Er drang tiefer ein als zuvor und ich umklammerte ihn fest.

„Genau da, das ist dein Jungfernhäutchen. Das ist für meinen Schwanz." Er zog seinen Finger nur für einen kurzen Moment heraus und steckte dann zwei Finger in mich. Meine Augen weiteten sich bei dem Gefühl, ein leichtes Brennen, dennoch fühlte es sich...gut an.

„Geht's dir gut?", fragte er besorgt.

Ich nickte. Es ging mir besser als gut. Seine Finger fühlten sich unglaublich an.

„Richtig, beweg die Hüften. Es soll sich gut anfühlen. Genauso. Noch einen Finger, Schatz."

Als er drei Finger in mir hatte, schrie ich auf. Es war eng, so unglaublich eng, aber ich fühlte mich zum ersten Mal gefüllt, trotzdem war er nicht tief genug in mir. Ich konnte die Bewegung meiner Hüften nicht aufhalten und schon bald wurde ich wild. Ich brauchte mehr. Mir war heiß und ich konnte hören, wie das kleine Geräusch, von dem Brody vorhin gesprochen hatte, meiner Kehle entfloh.

„Bist du bereit für mehr?"

Brody atmete auch schwerfällig und ich konnte sehen, dass seine Geduld ihm einiges abverlangte. Schweißperlen tropften von seiner Stirn und seine Wangen waren gerötet.

„Ja. Bitte."

„Ah, ich liebe es, wenn sie bettelt", verkündete Mason.

Er hatte seine Position gewechselt, um neben mich zu sitzen, seine Hand hinter mein Knie zu legen und mein Bein nach oben und hinten zu ziehen, so dass ich unglaublich weit gespreizt war. „Brody wird jetzt dein Jungfernhäutchen durchbrechen, Schatz und ich werde dabei zuschauen."

Seine Worte nahmen mir den letzten Funken Angst, obwohl meine Erregung so intensiv war, dass ich mich kaum noch daran erinnern konnte, warum ich Brodys Schwanz nicht in mir haben wollte.

Als ich dieses Mal die breite Spitze spürte, hatte ich keine Angst mehr. Stattdessen schob ich ihm meine Hüften entgegen, damit er ein wenig in mich eindringen konnte.

„Sie ist...oh Gott, Mason, sie ist so eng." Brody biss die Zähne zusammen, während er sich nach vorne drückte, dann zurückzog, langsam, wieder und wieder, bis ich schmerzhaft das Gesicht verzog. Er war so groß, so breit, ich fühlte mich so voll und er war noch nicht einmal vollständig in mir.

„Du gehörst uns, Laurel. Uns."

Brody atmete tief ein und schob seine Hüften vorwärts, brach durch die dünne Membran und drang vollständig in mich ein. Ich schrie wegen des stechenden Schmerzes auf, aber auch deswegen, weil ich so komplett gefüllt war. Ich fühlte mich, als würde er mich in zwei Hälften spalten und uns gleichzeitig zu einem Ganzen verbinden.

Er hielt mich fest und schaute mich an, wartete, bis sich unsere Blicke trafen. „Alles in Ordnung?", fragte er.

Ich zog mich fest um seinen Schwanz herum zusammen und er stöhnte. „Ich möchte, dass du dir einen Moment Zeit nimmst, um dich daran zu gewöhnen, aber wenn du mich so drückst wie gerade eben, kann ich das nicht tun."

Ich hob eine Augenbraue. „Es gibt mehr?"

Brody grinste verschmitzt. „Mehr? Schatz, es gibt noch so viel mehr."

Langsam zog er sich zurück, dann glitt er wieder nach vorne. „Oh", rief ich.

„Du bist so wunderschön, Laurel. Brody wird dich jetzt ficken. Nichts wird ihn aufhalten. Es gibt nichts mehr zwischen uns."

Brody bewegte seine Hüften, so dass mich sein Schwanz bearbeitete, mich streichelte, mich füllte und dann eroberte. Der Hauch von Schmerz verschwand schnell und das Vergnügen gewann die Oberhand. Ich bewegte mein freies Bein an Brodys Seite hoch und runter, wobei die Innenseite meines Knies ihn vom Oberkörper zur Hüfte zum Schenkel berührte. Der Punkt, den er vorher schon entdeckt hatte und der mich so leicht zum Höhepunkt gebracht hatte, wurde nun von der breiten Spitze seines Schwanzes gestreichelt. Meine Augen fielen zu und ich ließ meinen Kopf nach hinten fallen, während sein Schwanz neue Stellen zum Leben erweckte. Mason hielt mein Bein noch fester und zog mein Knie sogar noch weiter nach hinten. Er griff zwischen Brody und mich und strich mit seinem Finger über meine Klitoris und drückte dann nach unten.

Ich kam gleich einem heftigen Sturm, die Intensität überraschte mich. Ich wölbte meinen Rücken und schrie, wodurch Brody sehr wahrscheinlich taub werden würde.

Brodys Stöße wurden nicht langsamer, sondern schneller, während ich um seinen Schwanz pulsierte.

„So gut", murmelte er, als er mich vollständig füllte und dann stillhielt. Ich spürte, wie er in mir anschwoll, dann seinen pulsierenden, heißen Samen.

Als das Vergnügen abklang, lag ich ausgelaugt, verschwitzt und sehr, sehr glücklich da. Mason hatte mein Bein losgelassen und meine Knie rieben an Brodys Rippen.

Ich hatte keine Ahnung gehabt, dass es so sein würde. So verbindend, so wild, so wunderbar.

Brodys Atem strich über meinen Hals und als er sich langsam beruhigt hatte, zog er sich aus mir zurück. Ich fühlte mich leer und immer noch erregt, als ob ich noch mehr benötigte. Heißer Samen tropfte aus mir heraus und auf die Decke unter mir.

Er setzte sich zurück auf seinen Hintern und sah auf meine Pussy. „So perfekt," sagte er leise. Sein Gesichtsausdruck war jetzt entspannt und zufrieden. „Ich liebe es meinen Samen aus dir tropfen zu sehen."

„Ich bin dran", verkündete Mason, wobei in seiner Stimme keinerlei Vergnügen mitschwang. „Mein Schwanz sehnt sich danach, in dir zu sein, Laurel. Allein dein Gesicht zu beobachten, als du zum ersten Mal gefüllt wurdest, hat mich fast zum Höhepunkt gebracht."

Brody stand auf und Mason nahm seine Position ein. „Umdrehen, Schatz."

Meine Augen weiteten sich bei der Aufforderung, aber ich tat, worum er bat. Ich schaute verwirrt über meine Schulter zu ihm. „Warum soll ich in dieser Stellung sein?"

Mason grinste, als er meine Hüften ergriff. „Ich werde dich von hinten ficken."

„Von..." Als sein Schwanz über meine feuchten Lippen glitt, verstand ich. Er beugte seinen Körper über mich, so dass die Haare auf seiner Brust meinen Rücken kitzelten. Er küsste meinen Hals, während sein Schwanz nach meiner Öffnung suchte und sie fand. Mit einem fließenden Stoß drang er in mich ein. Diesmal verspürte ich keinen Schmerz, sondern nur ein Dehnen, das mich zum Stöhnen brachte. Als seine Hüften gegen meinen Hintern drückten, wusste ich, dass er ganz in mir war.

„Du hast Recht, Brody. Sie ist so eng. Gefällt es dir so, Schatz?"

Er zog sich zurück, glitt wieder in mich, das feuchte Geräusch so laut. Ich spürte, wie Brodys Samen an meinen Schenkeln hinabrann. Masons Schwanz fühlte sich ganz anders an. Der Winkel, in dem er mich fickte, war auch völlig anders als die Art und Weise, auf die Brody mich genommen hatte. „Du...du bist so tief in mir."

„Ich weiß. Jeder Zentimeter meines Schwanzes ist von deiner heißen, engen Pussy umgeben."

Seine Hand strich mir über den Po und dann spürte ich seinen Daumen an meinem Hintereingang.

„Mason!" Ich versuchte wegzukommen, aber sein Schwanz befand sich tief in mir und er hielt mich in seinem Griff.

„Wir werden dich auch hier nehmen, Schatz. Nicht heute, aber bald. Wir werden dich darauf vorbereiten, aber jetzt muss ich dich erstmal ficken. Ich werde mich jetzt bewegen und du wirst kommen."

Er war so fordernd und so davon überzeugt, dass er mich wieder zum Höhepunkt bringen könnte. Das Gefühl seines Daumens, der über meinen Hintereingang streichelte, war überraschend, aber trotzdem brachte es mich dazu, fest auf seinen Schwanz zu drücken. Es war intensiv und heiß und ich konnte es nicht länger aushalten. Ich sehnte mich danach, dass er etwas tat...irgendetwas. Als er sich zu bewegen begann, stöhnte ich erleichtert. Er begann mit seinen Hüften zu stoßen und benutzte seinen Schwanz wie eine Waffe, um gegen jegliche Art von Widerstand vorzugehen. Ich wusste, dass seine Worte wahr waren. Ich würde kommen und ich konnte es nicht aufhalten.

Hände umfassten meine Brüste und spielten mit meinen

Nippeln. Brody. Als seine Finger die Spitzen zwickten, warf ich meinen Kopf nach hinten und kam, unglaubliche Hitze überrollte mich. Mein Schrei blieb mir im Hals stecken, mein Körper spannte sich an und ich wusste, dass ich seinen Schwanz fest umklammerte. Er hörte nicht auf, sich zu bewegen und stieß nur noch härter als zuvor in mich. Er nahm seinen Daumen von meinem Arsch weg und seine Hände packten meine Hüften fest.

Es war als ob das Vergnügen nie enden würde, da sein Schwanz unaufhörlich über die Stellen in mir rieb, die sich so gut anfühlten. Schweiß benetzte meine Haut, während ich mich mit meinen Händen an der Steppdecke festhielt. Ich spürte, wie Masons Schwanz dicker wurde und in mir anschwoll, während er in meine Schulter biss und sein Schwanz in mir auslief. Er stöhnte und ich spürte, wie ein Schwall heißen Samens mich füllte und an seinem Schwanz vorbei an meinen Beinen hinunterlief.

Brody drehte mein Gesicht, um mich zu küssen. Ich sah ihm in die Augen. „Du bist die Unsere, Schatz."

Unsere. Das hörte sich gut an.

13

RODY

„Wo ist Mason?", fragte Laurel. Sie war über die Seite meines Betts gebeugt, ihre Füße standen weit gespreizt auf dem Boden.

„Schatz, ich habe meinen Daumen in deinem Arsch und du fragst nach Mason?" Die glitschige Salbe, die ich in sie einarbeitete, ließ meinen Daumen leicht hineingleiten. Es war drei Tage her, seit wir sie zum ersten Mal gefickt hatten und seitdem hatten wir sie gemeinsam und allein genommen, so wie jetzt.

Ihre Hüften bewegten sich zurück auf meine Hand und sie stöhnte. „Es ist bloß, dass...ihr mich am Morgen immer gemeinsam nehmt."

Drei Tage stellten zwar noch keine Routine dar, aber sie gewöhnte sich schnell daran, zwei Ehemänner zu haben. Wir hatten in den vergangenen Tagen ihren Arsch trainiert und darauf vorbereitet, uns beide gleichzeitig zu nehmen.

Auch wenn wir sie der Reihe nach gefickt hatten, war es doch nicht dasselbe. Ihre Pussy zu füllen, während Mason ihren Arsch nahm, würde die endgültige Eroberung sein. Sie würde keinen Zweifel daran haben, dass sie zu uns beiden gehörte, obwohl sie es auch jetzt nicht in Frage zu stellen schien.

„Du bist vielleicht mit uns beiden verheiratet, aber wir werden dich nicht immer gemeinsam nehmen. Ich will vielleicht von Zeit zu Zeit so mit dir spielen, wie ich es jetzt tue. Bearbeitet Mason deinen Arsch auch auf diese Weise?"

Sie schüttelte den Kopf. „Er...er will, dass ich auf dem Rücken liege."

„Ach ja?" Mein Schwanz war schon hart genug, um Eis auf einem gefrorenen See zu zerschlagen, aber zu hören, wie Mason sich um ihren Körper kümmerte, sorgte dafür, dass sich meine Hoden zusammenzogen, bereit, meinen Samen zu vergießen.

„Erzähl mir, was er mit dir macht, Schatz." Ich fuhr damit fort, mehr Salbe zu nehmen und sie damit einzureiben, langsam bewegte ich meinen Daumen tiefer und tiefer in sie.

„Ich halte meine Knie hoch und nach hinten. Er...sagt, dass er es mag, meine rasierte Pussy zu sehen."

Ich auch. Wir hatten einen kleinen, roten Streifen auf ihrem Venushügel stehen gelassen, aber den Rest hatten wir abrasiert. Wenn wir jetzt ihre süße Pussy leckten, war sie schön glatt und weich und es gab nichts, was diese hübschen, pinken Lippen versteckte. Genau wie jetzt waren sie immer feucht und von ihrer Creme benetzt.

„Spielt er mit deinen Nippeln, wenn sein Finger in deinem Arsch ist?"

Sie seufzte und ich konnte bis zu meinem Knöchel in sie eindringen. Sie war so heiß, so eng, dass ich, wenn ich meinen Schwanz in sie stecken würde, nicht lange durchhalten würde.

„Ja und es tut weh."

„Tut es gut weh oder tut es schmerzhaft weh?"

Ich konnte mich nicht länger zurückhalten. Ich trat näher zu ihr, brachte meinen Schwanz am Eingang ihrer Pussy in Position und drückte mich in sie, während ich meinen Daumen ruhig und tief in ihren Arsch steckte. Es war wirklich eng und ich atmete zischend aus.

Laurel stöhnte. „Es tut so gut weh."

Ich grinste und ließ los. Sie mochte vielleicht klein und zierlich sein, wenn man sie mit mir oder Mason verglich, aber sie konnte uns aushalten. Wir hatten sogar festgestellt, dass sie es etwas grober mochte, was gut war, weil ich mich nicht länger beherrschen konnte. Ich drückte meine Hüften gegen sie, wieder und wieder, wobei meine Hoden gegen ihre Pussy klatschten. Da ich schon eine Weile mit ihr gespielt hatte, stand sie kurz vorm Orgasmus und ich konnte spüren, wie sich ihre inneren Wände zusammenzogen, als ob sie mich tiefer in sich ziehen wollte. Sie kam mit einem Schrei und ich folgte direkt hinter ihr.

„So gut", wiederholte ich, zog meinen Schwanz aus ihr und nahm sie in den Arm.

So fand uns Mason eine Stunde später.

„Es ist nach neun", grummelte er. „Manche von uns hatten heute Morgen Arbeit zu erledigen."

Laurel rührte sich in meinen Armen. Sie schämte sich nicht länger, vor uns nackt zu sein. Es bestand kein Zweifel, dass Mason jeden einzelnen, fantastischen Zentimeter von ihr sehen konnte. Ich küsste ihre Schulter und stand dann auf, um meine Kleider anzuziehen.

„Ich war bei Ian und Kane, um die Kleider abzuholen, die Emma für dich auf dem Markt ausgesucht hat."

Ihre Augen leuchteten auf.

„Bist du nicht gerne nackt, Schatz?"

„Ich will nur das zerrissene Kleid nicht mehr tragen."

„Hier." Er warf ein cremefarbenes Korsett aufs Bett. „Das kannst du heute tragen."

Sie stemmte sich auf dem Ellbogen hoch und befühlte den Spitzenrand, aber runzelte die Stirn. Sie hatte keine Ahnung, wie umwerfend sie auf meinem Bett liegend aussah. „Und ein Kleid?"

Mason schüttelte langsam den Kopf. „Kein Kleid heute. Morgen werde ich dir ein weiteres Kleidungsstück geben."

„Ihre Strümpfe", schlug ich vor.

Er nickte. „Gute Idee. Morgen wird es Strümpfe geben."

„Ich will wenigstens eine Unterhose!"

Wir schüttelten beide den Kopf und antworteten gleichzeitig. „Keine Unterhose."

„Aber—"

„Keine Unterhose", wiederholte Mason. „Irgendwann wirst du Kleidung tragen, Schatz, aber vorerst werden wir es genießen, dass unsere Braut spärlich bekleidet ist. Siehst du, was du mit mir anstellst?"

Er deutete auf die dicke Linie seines Schwanzes, der gegen seinen Hosenschlitz drückte.

Sie grinste, da sie die Macht erkannte, die sie über uns hatte.

„Hat Brody heute Morgen mit deinem Arsch gespielt?"

Ihre Wangen färbten sich in einem hübschen Pink. Sie mochte zwar keine Jungfrau mehr sein, aber sie war immer noch unschuldig. „Ja", flüsterte sie.

Mason wies sie mit seinem Kinn an. „Zeig es mir."

Langsam drehte sie sich auf den Bauch.

„Nicht so. Du weißt, wie ich dich gerne ansehe."

Sie rollte herum um, platzierte ihre Füße flach auf dem

Bett und spreizte ihre Beine weit, ihre Knie waren angewinkelt. Hätten sich ihre Nippel bei seinem Befehl nicht zu festen kleinen Spitzen zusammengezogen, hätte ich geglaubt, dass sie verängstigt wäre, obwohl sie doch in Wirklichkeit Angst davor hatte, wie sehr ihr das alles gefiel.

„Knie nach hinten, bitte."

Mason stand schulterbreit und mit verschränkten Armen da. Er sah nicht abweisend, sondern respekteinflößend aus.

Sie hakte ihre Hände unter die Knie, zog sie zurück und weit auseinander, so dass sie sich zu beiden Seiten ihrer Brüste befanden.

„Braves Mädchen." Er kniete sich auf den Boden direkt vor ihre Pussy. „Du bist immer noch glitschig von der Salbe und ich kann sehen, dass Brody dich gut gefickt hat."

„Mason!", rief Laurel.

„Hier." Mason hielt den größeren Stöpsel vor sie, den wir zuvor schon einmal benutzt hatten. „Lass ein Knie los und spiel mit deinem Arsch, Schatz. Ich will sehen, wie du den Stöpsel in dich einführst."

Sie hob ihren Kopf vom Bett und sah ihn mit offenem Mund an. „Was?"

„Du hast mich gehört. Mach es, bitte."

Sie nahm ihm den Stöpsel aus der Hand. Der breite Kopf war glitschig wegen der zusätzlichen Salbe und sie griff um sich herum hinter ihr Bein, um den Stöpsel gegen ihre kleine Rosette zu drücken. Mein Schwanz richtete sich wieder einmal aufmerksam auf.

„Jetzt führe ihn ein. Fick deinen Arsch mit dem Stöpsel."

„Aber—"

„Wenn du mich befriedigst, Laurel, werde ich dich auch befriedigen. Brody ebenfalls. Ich werde so an deiner kleinen Klitoris reiben, wie es dir gefällt und Brody wird mit deinen

Nippeln spielen, aber erst wenn der Stöpsel komplett in dir ist."

„Oh ja", seufzte sie.

Ich ging im Bett in Position und sah zu. Laurel biss sich auf die Lippe und begann langsam den Stöpsel in ihren Arsch zu stecken. Er dehnte sich um den breiten Kopf und sie schrie auf, als der Stöpsel den engen Eingang durchbrach. Ihr Arsch schloss sich um das spitzzulaufende Holz und es blieb zwischen dem weiteren Bereich und einem kleinen Griff, der aus ihr ragte, hängen. Als sie tief einatmete, sich dem Gefühl, einen schön vollgestopften Arsch zu haben, hingab, begann ich, an ihren bereits harten Nippeln zu ziehen und mit ihnen zu spielen.

Mason steckte einen Finger in ihre Pussy, um etwas von ihren Säften einzufangen und damit ihre pinke Perle zu benetzen. Dann begann er, ihr die Aufmerksamkeit zu schenken, nach der sie sich sehnte.

„So ein gutes Mädchen. Jetzt arbeite den Stöpsel rein und raus. Die breite Stelle wird dich in Vorbereitung auf unsere Schwänze ausdehnen. Sie wird dafür sorgen, dass du sofort kommst."

Mason hatte Recht. Es dauert nicht lange, bis sie zum Höhepunkt kam. Sie hatte den breiten Teil nach hinten gezogen, um ihren Hintereingang zu öffnen und schob ihn dann wieder tief in sich. Das reichte schon aus. Sie kam, ihre Augen fielen zu, ihr Mund öffnete sich und ihre Haut färbte sich in einem intensiven Pink. Es war ein atemberaubender Anblick, all unsere Hände auf ihr zu sehen, wie sie sie bearbeiteten, sie befriedigten. Zu wissen, dass es ihr gefiel, wie wir mit ihrem Arsch spielten, brachte mich dazu, sie auf der Stelle nehmen zu wollen, aber es war noch zu früh. Sie war noch nicht *vollständig* bereit. Aber bald. Sehr bald.

Sobald ihr Vergnügen abebbte, zog Mason den Stöpsel aus ihr heraus. Sie lag befriedigt und völlig ungehemmt da.

„Wer sorgt für dein Vergnügen, Schatz?", fragte Mason.

Sie leckte sich über ihre Lippen. „Ihr beide."

„Ja, das ist richtig. Brody und ich. Zu wem gehörst du?"

Sie öffnete ihre Augen und sah uns beide an. „Euch beiden."

„So ein braves Mädchen."

LAUREL

AM MORGEN GAB mir Mason endlich eines der hübschen Kleider, die Emma für mich auf dem Markt ausgesucht hatte. Es war dunkelgrün und er fand, dass es perfekt zu meinen Augen passte. Meine Männer – ich genoss es, sie als die Meinen zu bezeichnen – hatten mir weiterhin ihre Aufmerksamkeit geschenkt, entweder allein oder gemeinsam. Als Ann gesagt hatte, dass ihre Männer sie wertschätzten, hatte sie nicht übertrieben. Mason und Brody waren aufmerksam und zwar nicht nur als Liebhaber, sondern auch als Ehemänner. Es war ein Spiel für sie gewesen, mich den ganzen Tag nur im Korsett bekleidet zu beobachten, dann in meinem Korsett und Strümpfen, bevor sie mir heute erlaubten, meinen Körper sittsam zu bedecken. Es fühlte sich gut an, wieder einmal komplett bedeckt zu sein, aber als Brody mir unter den Stoff an meinen nackten Po griff, konnte ich die Leidenschaft in seinen Augen sehen. Es erregte mich, zu wissen, was sie dachten. Meine Pussy war nackt und feucht für sie, bereit, zu jeder Zeit von ihnen genommen zu werden.

Es war eine Woche her, seit wir geheiratet hatten und

ich hatte das Haus noch kein einziges Mal verlassen, aber ich hatte mich ganz bestimmt gut beschäftigt. Allerdings waren heute beide Männer in den Stall gegangen, da letzte Nacht ein neuer Hengst geboren worden war und sie Ian und Simons Aufgaben übernehmen mussten, die die ganze Nacht aufgeblieben waren.

Mir machte die Stille im Haus nichts aus, aber es wirkte seltsam. Ein Vorteil daran, mit zwei Männern verheiratet zu sein, war, dass ich niemals einsam war. Selbst wenn ich allein war und ein Buch im bequemen Sessel am Feuer las, waren sie bei mir, da ich keinen von beiden vergessen konnten oder das, was sie erst vor einer Stunde mit mir angestellt hatten, da ihre Samen immer noch aus mir tropften.

Als ich die Eingangstür hörte, lächelte ich und dachte, dass einer der beiden zurückgekommen war, um sein Versprechen einzuhalten, mich über das Sofa zu beugen. Als ich aufstand und durch das Zimmer ging, um ihm entgegenzulaufen, war es jedoch weder Brody noch Mason, sondern Mr. Palmer.

Ich blieb auf der Stelle stehen und verschränkte meine Arme vor der Brust. Beim Anblick dieses Mannes schlug mein Herz bis zum Hals. „Was machen Sie hier?", fragte ich.

„Ich erhebe Anspruch auf meine Braut", erwiderte er. Seine Stimme war nasal und schwach.

„Ihre Braut?" Als er mich weiterhin einfach nur anstarrte, fügte ich hinzu: „Ich bin schon verheiratet. Sie müssen sich eine andere Frau suchen."

„Ich habe von deiner Hochzeit gehört. Es ist das Stadtgespräch. Turner und ich wurden ganz schön bloßgestellt, da wir hier rausgekommen waren, um dich zu finden und all das. Du hast dich die ganze Zeit irgendwo hier versteckt." Er schüttelte langsam seinen Kopf, wobei sein Doppelkinn hin und her schwabbelte. „Es ist egal, ob du dich schon einem anderen Mann hingegeben hast oder nicht. Ich will keine andere Frau. Ich will dich."

Ich zeigte auf mich selbst. „Mich? Warum sind Sie so auf mich fixiert? Wie Sie schon gesagt haben, habe ich mich bereits einem anderen hingegeben." Er sprach die Tatsache, dass ich sowohl mit Mason als auch mit Brody verheiratet war, nicht an. Offensichtlich hatte dieses Wissen die Stadt nicht erreicht.

Er spitzte die Lippen. „Ich will nicht *dich*. Ich will dein Land."

Was? Ich runzelte die Stirn und schüttelte meinen Kopf. „Mein Land? Ich habe kein Land."

„Dir gehört das ganze Turner-Land und es sollte mir gehören."

Seine Augen verzogen sich zu schmalen Schlitzen und er kam einen Schritt näher. Ich trat zurück, um die Distanz zwischen uns so groß wie möglich zu halten.

„Das Land gehört nicht mir. Es gehört meinem Vater."

Er schloss kurz seine Augen und ballte seine Hände. „Dein Vater hatte ein Glücksspielproblem und ich habe das Grundstück im Austausch für Geldschulden gewonnen."

„Was?" Mein Vater war ein reicher Mann, wohlhabend genug, um mich dreizehn Jahre lang auf ein ausgezeichnetes Internat zu schicken. Sein Haus war riesig und soweit das Auge reichte von Turner Land umgeben.

„Er spielte und schuldete mir mehr Geld, als er auf der Bank hatte." Er zuckte mit den Schultern. „Also habe im Austausch Anspruch auf seine Ranch...und dich erhoben."

„Ich stehe nicht zum Verkauf."

„Nein, du stehst nicht zum Verkauf, denn du wurdest offen und ehrlich gewonnen."

14

AUREL

Ich trat einen weiteren Schritt zurück.

„Das muss ein Missverständnis sein."

„Das einzige Missverständnis war, dass dir dein verdammter Vater seinen gesamten Besitz in seinem Testament überschrieben hat."

„Er...er hat was? Er kann mich nicht einmal leiden. Ich habe den Mann seit mehr als zehn Jahren nicht gesehen!"

„Das ist nicht von Bedeutung. Er hat dich zur Erbin seines Vermögens gemacht."

Wo waren Brody und Mason? Wie sehr ich mir doch wünschte, jetzt nicht allein zu sein! Ich konnte nichts anderes tun, als zu versuchen, diesem Mann zu entkommen, da er eindeutig verrückt war. Also versuchte ich, an ihm vorbeizulaufen, aber er holte mich im Flur ein, ergriff meinen Arm und drehte mich so, dass ich ihm direkt in die Augen sehen musste.

„Ich bin mit Mason verheiratet. Sie können mich nicht haben!" Ich versuchte, mich aus seinem festen Griff zu winden.

„Das kann ich." Er griff in seine Jackentasche und zog ein gefaltetes Stück Papier heraus. „Eine Heiratsurkunde, die bestätigt, dass wir vor zwei Wochen geheiratet haben. *Du* bist Mrs. Palmer."

Ich schüttelte meinen Kopf. Er *war* verrückt.

„Nein, das ist nicht wahr. Es ist nicht echt. Wir haben in einer Kirche geheiratet."

„Es ist echt. Der Bezirksrichter hat es unterschrieben, daher bedeutet deine angebliche Ehe mit dem Bridgewater Mann rein gar nichts."

Bedeutet nichts? Meine Ehe mit Mason...und Brody bedeutete *alles*. Sie waren die ersten Menschen gewesen, die mich als Person, als Frau gesehen hatten und nicht als eine Schachfigur oder ein Werkzeug für jemandes Vorteil. Sie hatten mich nicht geheiratet und dann weggeschickt. Ich wusste jetzt, wie es sich anfühlte, wenn sich jemand um einen sorgte und sich jemand für mich interessierte. Sie hatten mir gezeigt, was Liebe ist.

„Nein." Ich schüttelte meinen Kopf. „Nein. Sie müssen mit meinem Vater sprechen. Wenn er mir die Ranch überschrieben hat, lassen Sie ihn das Testament einfach ändern. Ich will nichts damit zu tun haben. Wie gesagt, ich kenne den Mann kaum, warum sollte er also auf mich hören?"

Er packte mich fester, als ich meinen Vater erwähnte.

„Ich kenne ihn tatsächlich recht gut und er kann es nicht ändern, wenn er tot ist."

Ich erstarrte. Was meinte er? „Tot? Mein...mein Vater ist tot?"

Etwas Dunkles und Böses flackerte in seinen Augen auf und er grinste. „Er hat versucht mich auszutricksen und mich davon abzuhalten, das Land zu erhalten, das rechtmäßig mir gehörte. Er hat versucht, mich von *dir* fernzuhalten. Er war dumm, zu glauben, dass er damit durchkommen würde. Natürlich ist er tot. Ich habe ihn erschossen... genau...zwischen...die...Augen." Er tippte sich mit dem Finger an die Stirn. „Und dasselbe werde ich auch mit dir machen."

Er hatte meinen Vater umgebracht und jetzt war ich mit ihm alleine im Haus. Sein wilder Blick ließ mich in Panik geraten und ich versuchte mich, aus seinem Griff zu befreien.

„Ich kann Ihnen bei Ihrem Plan, was auch immer der sein mag, nicht helfen, wenn ich auch tot bin." Ich musste entkommen! Mit ihm alleine im Haus zu sein, würde mich nicht am Leben halten. Er hatte das alles geplant. Als er neulich zur Ranch gekommen war, hatte Palmer die Kontrolle gehabt. Mein Vater wollte mich nur finden, weil er Palmer etwas schuldete.

„Am Anfang wollte ich dich. Die Vorstellung einer demütigen Jungfrau, die wie eine Nonne behütete wurde, hatte seinen Reiz, aber hier in Bridgewater bist du eine Hure gewesen. Ich gebe mich nicht mit einer liederlichen zweiten Wahl zufrieden." Er schüttelte langsam seinen Kopf. „Nein, ich habe jetzt andere Pläne für dich. Ich brauche dich nicht lebendig, um dein Land zu übernehmen, da ich diese Heiratsurkunde habe. In der Tat nutzt du mir nur tot etwas."

Meine Augen weiteten sich und ich spürte, wie mir das Blut in den Ohren rauschte. „Was? Warum?"

„Die Ehe macht dein Land rechtmäßig auch zu meinem,

egal ob ich dein Ehemann...oder dein Witwer bin. Da du gebrauchte Ware bist und somit keinen Wert mehr für mich hast, ist Witwer passender. Ich will das Land. Es ist wertvoller als du."

Vorsichtig steckte er die angebliche Heiratsurkunde wieder in seine Jackentasche und zog eine Pistole heraus. Eine Pistole! Ich dachte nicht nach, sondern reagierte nur. Ich nahm sein Handgelenk in beide Hände und kämpfte mit ihm, damit die Waffe nicht in meine Richtung gerichtet war, aber er war stärker und größer als ich. Ich wandte und drehte mich und nutzte meine ganze Kraft, aber ein Schuss löste sich. Zum Glück flog die Kugel an mir vorbei und direkt in eine Wand. Ich keuchte wegen dem Schock auf, wegen der Nähe, die die Kugel zu meinem Kopf gehabt hatte. Das Geräusch war ohrenbetäubend und mein Ohr klingelte.

Ich erinnerte mich an die Worte eines Lehrers an der Schule, der eine Möglichkeit erwähnt hatte, um unangemessene Annäherungen eines übereifrigen Anwerbers abzuwehren. Zu dem Zeitpunkt hatte ich nicht geglaubt, dass es funktionieren würde, da ich kaum mit Männern Kontakt hatte, um die Idee auch nur in Erwägung zu ziehen, aber ich kannte jetzt den Körperbau eines Mannes. Ich bewegte mein Knie so stark ich konnte nach oben, glitt den Innenschenkel des Mannes hoch und traf ihn direkt in seine...männlichen Teile. Ich konnte es mir nicht als einen Schwanz vorstellen, denn das war, was Mason und Brody hatten, und ihre waren hart und dick und bereit für mich. Dieser Mann...ich musste bei der Vorstellung Galle zurückschlucken. Er gab ein hohes Quieken von sich und beugte sich an der Taille vornüber. Sein Arm erschlaffte und ich konnte ihm die Pistole entreißen.

Ich atmete schwer und Schweiß bedeckte meine Stirn. Ich trat ihn noch einmal mit meinem Knie, bevor ich aus dem Zimmer stürmte. Mein langes Kleid flatterte um meine Beine. Ich konnte nur daran denken, wieder zu Mason und Brody zu kommen und von ihnen umarmt, beschützt und vor allem Bösen bewahrt zu werden. Mit zitternden Fingern öffnete ich die Haustür und rannte auf die Veranda. Ich hielt die Pistole hoch in die Luft und gab einen Schuss ab, wobei der Rückschlag meinen ganzen Arm zum Vibrieren brachte.

Ich erinnerte mich daran, was Emma und Ann gesagt hatten. Drei Schüsse bedeuteten, dass Hilfe benötigt wurde. Ich schoss noch einmal, kniff die Augen zusammen und spannte meinen Körper an.

„Du!" Mr. Palmer war vornüber gekrümmt, aber kam schnell durch den Flur entlang auf mich zu. Seine Augen waren schmal und sie funkelten böse. Es war, als ob ich einen Bären im Winterschlaf geweckt hatte, der jetzt nicht nur ein Ziel hatte, sondern auch sehr, sehr wütend war. „Du Miststück. Du wirst—"

Als er durch die Tür kam und die Arme nach mir ausstreckte, drehte ich mich um und zielte auf ihn. Es hieß, er oder ich. *Peng.*

MASON

WIR HATTEN ihr am Morgen eines der hübschen Kleider gegeben, die Emma für sie ausgesucht hatte. Es war dunkelgrün, was ihren Haaren schmeichelte, und passte perfekt zu ihrer Augenfarbe. Sowohl Brody als auch ich hatten es genossen, dass sie während der letzten beiden

Tage nur in einem Korsett und Strümpfen herumgelaufen war, aber es erregte mich auch, zu wissen, dass ich einfach nur ihr Kleid hochziehen musste und sie nackt und bereit darunter vorfinden würde. Es gefiel mir, dass all ihre heißen, feuchten Geheimnisse nur für Brody und mich bestimmt waren.

Wir waren beide im Stall und misteten Boxen aus, als McPherson mit seinem Pferd am Zügel hereinkam. „Ich sehe ihr habt eure Braut allein gelassen." Er grinste uns an, während er seinem Pferd die Seite tätschelte und dann den Sattelgurt löste. „Ihr habt beide, was, eine Woche gebraucht, um eure Ständer abklingen zu lassen?"

Ich sah zu Brody, der langsam seinen Kopf schüttelte. Er grinste, da er mit seiner neuen Braut – genau wie ich – sehr zufrieden war. Wir wussten, dass uns die anderen und besonders die unverheirateten Männer damit triezen würden, dass wir uns so viel Zeit genommen hatten, um uns um unsere neue Frau zu kümmern und sie zu ficken. „Auf gar keinen Fall wird das passieren. Ich muss nur an sie denken und schon werde ich wieder hart."

Tatsächlich musste ich meinen Schwanz in meiner Hose richten, um den anwachsenden Schmerz zu lindern, während wir über sie sprachen. Es war gerade mal zwei Stunden her, seitdem wir sie das letzte Mal gefickt hatten, aber meinem Schwanz war das egal.

„Habt ihr schon die Neuigkeiten gehört?", fragte McPherson, hob den Sattel vom Rücken des Pferdes und legte ihn auf der Halterung ab. Als nächstes nahm er die Decke ab.

„Neuigkeiten?" Ich stützte mich mit den Armen auf der Mistgabel ab, die ich in den Händen hielt.

„Turner ist tot."

Brody hielt inne, blickte zu mir. „Tot? Wie?"

„Kaltblütig erschossen."

Ich steckte die Mistgabel in einen Haufen Stroh und ging zu McPherson rüber. „Was meinst du mit kaltblütig?"

McPherson zog die Augenbrauen hoch. „Weiß nicht. Hab den Sheriff bei seiner Amtsstube getroffen und er erzählte, dass Mr. Palmer, der Mistkerl, der mit der Gruppe unterwegs war, stinksauer auf Turner war, nachdem sie letzte Woche von uns weggeritten sind. Sie stritten, erwähnten etwas über die Bezahlung von Schulden. Turner antwortete, dass sich um alles gekümmert worden sei."

„Was zum Teufel soll das bedeuten?", fragte Brody.

McPherson hielt seine Hände vor sich. „Demzufolge, was ich auf dem Markt gehört habe – Worte verbreiten sich schnell und der Sheriff ist nicht der einzige mit Neuigkeiten – war Turner ein Spieler. War schlecht im Kartenspielen. Hat alles verloren."

„An Palmer." Ich knirschte mit den Zähnen. Etwas stimmte nicht. Ich hatte ein schlechtes Gefühl im Bauch.

„Wenn Palmer sein Geld zurückerhalten hat, warum war er dann so verdammt sauer?", wunderte sich Brody.

„Richtig. Palmer war so sauer, dass er ihn getötet hat", stellte McPherson fest. „Warum?"

Wir sahen uns an und der Grund wurde offensichtlich. „Laurel." Brody und ich sagten es gleichzeitig.

McPhersons hob seinen Kopf und blickte uns scharf an. „Wo ist sie?"

„Im Haus. Wir müssen—"

Ein Schuss erklang in einiger Entfernung, aber er schallte deutlich und laut durch die ruhige Luft.

Mein Herz zog sich bei dem Geräusch zusammen, wir rannten zur Stalltür und traten sie auf.

Peng. Ein zweiter Schuss.

„Scheiße", murmelte Brody. „Es kommt vom Haus." Er

ergriff die Zügel von McPhersons Pferd, führte es hinaus und schwang sich geschickt hinauf.

McPherson nahm das Gewehr von der Halterung über der Tür. „Brody!"

Er warf das Gewehr und Brody fing es, bevor er dem Tier die Sporen gab.

McPherson und ich rannten in die Richtung des Hauses und zu Laurel. Was zum Teufel ging hier vor sich? War es Palmer oder etwas anderes? War es Laurel, die die Schüsse abfeuerte, um uns zu Hilfe zu rufen oder verteidigte sie sich selbst? Oder schlimmer, hatte vielleicht jemand sie erschossen? Ich erhöhte meine Geschwindigkeit und rannte so schnell, wie ich konnte, durch den tiefen Schnee. Ich musste zu ihr gelangen, aber es erleichterte mich, zu wissen, dass Brody mittlerweile bei ihr sein musste.

„Die anderen werden auch kommen", rief McPherson. Er hielt mit meinem Sprint mit. „Es waren nur zwei Schüsse. Das bedeutet also nichts."

Peng. Ein dritter Schuss, was bedeutete —

„Laurel!"

15

RODY

Ich hatte das Pferd kaum zum Stehen gebracht, da war ich schon abgesprungen. Laurel saß in der Kälte auf dem Boden der Veranda, ihre Haare waren zerzaust und die Hälfte ihrer Strähnen hatte sich aus den Nadeln gelöst. Sie hielt eine Pistole fest in ihren Händen und zielte damit auf einen Körper, der am Boden lag. Dem Blut nach zu urteilen, das sich um ihn herum auszubreiten begann, würde er so schnell nicht wieder aufstehen. Ich rannte die Stufen hoch, meine Schritte klangen laut auf dem Holz, und kam schlitternd vor dem Mann zum Stehen. Ich richtete mein Gewehr auf ihn und trat mit meinem Fuß leicht gegen ihn. Dann drehte ich ihn auf seinen Rücken.

Palmer. Seine Augen waren geöffnet und er starrte an die Decke der Veranda, ein purpurroter Fleck breitete sich auf seinem weißen Hemd aus. Er war tot.

Mein Herz raste und meine Muskeln waren angespannt

und zum Töten bereit. Ich wollte ihn selbst erschießen, um etwas von dieser angestauten Angst und Furcht abzulassen. Schwankend fiel ich vor Laurel auf die Knie und legte das Gewehr vorsichtig neben uns auf den Boden.

„Laurel", sagte ich mit sanfter Stimme. Ich hielt meine Hände an meiner Seite, um sie nicht zu erschrecken.

Sie hatte sich, seit ich angekommen war, kein bisschen bewegt. Ihre Augen blieben auf Mr. Palmer gerichtet und die Pistole zielte immer noch auf den Mann. Der penetrante Geruch von Blut lag in der kalten Luft.

Langsam ergriff ich ihre Hände und hielt sie fest. Sie waren so kalt, fast eisig und das nicht wegen des eiskalten Wetters. Ich bezweifelte, dass sie überhaupt wusste, dass ich da war. „Laurel, gib mir die Pistole. Laurel", wiederholte ich diesmal etwas lauter.

Sie schüttelte langsam den Kopf. „Nein. Er ist gefährlich. Er wird mir weh—"

„Er ist tot, Schatz. Er kann dir jetzt nicht mehr wehtun." Ihre Hände entspannten sich so weit, dass ich ihr die Pistole abnehmen und neben das Gewehr legen konnte. „Schau mich an."

Sie stand unter Schock, war benommen und wie gelähmt, aber gesund. Was hatte der Mann getan, bevor sie die Schüsse abgefeuert hatte? Eine der Kugeln hatte ihn definitiv getötet.

„Laurel", sprach ich sie dieses Mal mit einer tieferen und befehlenden Stimme an.

Sie blinzelte und drehte mir ihren Kopf zu. Ich erkannte den Moment, in dem sich ihre Augen fokussierten und sie mich *sah*.

„Brody!", schrie sie, warf sich mir in die Arme und vergrub ihr Gesicht in meiner Schulter. „Er...es war schrecklich. Ich habe mich daran erinnert, drei Schüsse abzufeuern, aber er kam hinter mir her und ich habe nur zweimal geschossen." Ihre Stimme war schrill und sie stand kurz davor, hysterisch zu werden. Ich konnte ihr keinen Vorwurf machen, da ich selbst ein wenig erschüttert war. Ich musste allerdings die Ruhe bewahren. Ich musste sie beruhigen und dafür sorgen, dass sie sich sicher fühlte. Ich hatte verdammt schlechte Arbeit geleistet, da sie sich selbst vor diesem Mistkerl verteidigen hatte müssen, aber jetzt war sie in Sicherheit. Ich umarmte sie fest.

„Nein. Nein, Schatz. Du hast alle drei Schüsse abgefeuert und wir haben dich gehört. Wir sind so schnell hergekommen, wie wir konnten, aber du hast gut auf dich selbst aufgepasst. Ich bin unglaublich stolz auf dich." Ich strich mit meiner Hand immer wieder über ihr Haar und hoffte, dass meine Wärme auf sie übergehen würde.

„Ich dachte...er hatte eine Pistole und—"

Sie erschauderte einmal und begann dann zu weinen.

Ich zog sie auf meinen Schoß und ihren Kopf unter mein Kinn, mein Arm schlang sich fest um ihre Hüfte. Ich hielt sie einfach nur fest und ließ sie weinen, während wir auf Palmers leblosen Körper starrten.

Ich konnte ihren Herzschlag spüren, den festen Griff ihrer Finger in meinem Hemd genießen, den blumigen Duft ihrer Haare einatmen und dennoch konnte ich sie nicht nah genug an mir haben. Der Gedanke, sie zu verlieren und daran, dass sie fast umgebracht worden war, brachte mich dazu, den Mistkerl noch mal erschießen zu wollen. Sie war buchstäblich durch die Hand des Schicksals in unser Leben geworfen worden und ich war nicht bereit, sie jetzt schon zu verlieren. Ich *konnte* sie nicht verlieren.

Da rannten Mason und McPherson auf uns zu, der Schnee knirschte unter ihren Füßen und sie atmeten schwer. Sie betrachteten die Situation und ich begegnete

Masons Blick über Laurels Kopf hinweg. Ich nickte kurz und er ließ erleichtert die Schultern fallen. Er beugte sich vor und legte seine Hände auf die Knie, um kurz durchzuatmen. Dann ging er die Stufen hoch, kniete sich vor mich und streichelte Laurel über den Rücken.

„Alles ist jetzt gut. Du bist in Sicherheit. Mason ist hier bei mir und wir werden uns um dich kümmern", murmelte ich, obwohl wir einen Scheiß getan hatten, um sie vor Palmer zu beschützen.

McPherson kam die Stufen hoch. „Ich kümmere mich um den Mistkerl", brummte er und trat gegen das Bein des Mannes, obwohl er offensichtlich tot war. „Ihr beide kümmert euch um eure Frau."

Mason hob sie aus meinen Armen, stand auf und trug sie ins Haus. Ich folgte und schlug die Tür hinter uns zu, um Palmer und die Tatsache, dass wir unsere Frau fast verloren hätten, auszublenden.

McPherson und die anderen würden sich für uns um Palmer kümmern. Laurel brauchte ihre Männer.

Ich folgte Mason die Treppen hoch ins Schlafzimmer und schloss hinter uns die Tür. Mason senkte sie auf den Boden und stellte sie so vor sich, dass er sie ansehen konnte. Ich stellte mich direkt neben ihn.

„Schatz, hat er dir wehgetan?", fragte er.

Mein Blick wanderte über ihren Körper. Ihr Kleid war zerrissen, aber es war nur an den Stellen schmutzig, auf denen sie auf der Veranda gesessen hatte. Ihre Haare waren zerzaust und Tränenspuren waren auf ihren Wangen sichtbar, aber ansonsten sah sie...unversehrt aus.

Sie schüttelte den Kopf. „Nein. Er...er hat mich nur festgehalten, aber ich bin nicht verletzt."

Masons Hände machten die Knöpfe an ihrem neuen

Kleid auf. „Wir ziehen dich aus und schauen nach, um sicher zu gehen. Du stehst unter Schock."

„Wir alle stehen unter Schock", fügte ich hinzu. „Erlaube deinen Männern sich zu vergewissern, dass du nicht verletzt bist."

Sie blickte uns an und nickte. „Okay, euch zuliebe."

Masons Hände wurden jetzt schneller. Er zog ihr das Kleid aus, ihr Korsett, sogar die Strümpfe und die Stiefel, so dass sie nackt vor uns stand. Ich strich mit meinen Händen über ihre Schultern und Arme, während Mason sich mit ihrem Körper beschäftigte. Sie hatte rote Stellen an den Ellbogen, die vielleicht zu blauen Flecken werden würden. Ich biss die Zähne zusammen. Ich trat hinter sie, damit sie von uns beiden umgeben war. Meine Hände strichen über ihren Rücken, an den kleinen Grübchen am Ende ihrer Wirbelsäule entlang, über ihren vollen Arsch nach unten und dann wieder nach oben. Wir mussten sie überall berühren, um sicherzustellen, dass sie ganz, echt und die Unsere war.

„Er...er hat behauptet, dass wir verheiratet seien. Er hatte eine Heiratsurkunde." Obwohl wir sie berührten, war sie abgelenkt.

Meine Hände hielten inne. „Eine Heiratsurkunde?"

Sie nickte. „Ein Richter hat sie unterzeichnet und sie sah offiziell aus. Er hat gesagt, dass meine Ehe mit Mason nicht echt sei."

Mason schüttelte seinen Kopf. „Unsere Ehe ist echt, Schatz. Da besteht keine Frage. Palmer kann einen Richter bestochen haben, aber Gott war unser Zeuge. Und wir wurden unwiderruflich vereint, als wir dir deine Jungfräulichkeit genommen haben. Zum Teufel wir haben dich bereits für uns beansprucht, als wir dich das erste Mal gesehen haben."

Er sagte genau das, was ich dachte.

„Ich...ich habe ihn erschossen. Ich wollte das nicht, aber er kam auf mich zu. Ich...habe ihn in seine...dahin getreten und dann bin ich weggelaufen, aber er hat sich aufgerappelt und –"

Um Gottes Willen. Sie musste den Rest ihres Lebens damit leben, Palmer umgebracht zu haben. Jeder Mann in Bridgewater hatte zuvor schon getötet. Es war unser Job gewesen. Aber nicht Laurel. Sie hatte einen Mann erschießen müssen oder sie wäre selbst gestorben.

„Du hast dich nur verteidigt. Du hast nichts Falsches getan. Er war ein schlechter Mann." Mason strich ihr über den Arm.

Ich lehnte mich nach vorne und küsste ihre Schulter. „Schh", beruhigte ich sie. „Mason hat Recht. Er war ein verdammter Mistkerl und er kann dir nie wieder etwas tun. Du hast dich selbst darum gekümmert, nicht wahr, Schatz? Wir sind so stolz auf dich. Jetzt lass uns nicht mehr über Palmer sprechen. Ich will ihn nicht bei uns im Schlafzimmer haben."

Heiße Tränen strömten wieder über ihre Wangen, aber dieses Mal war es eher wegen überwältigender Emotionen als aus Angst. „Ich...ich hatte nicht geglaubt, euch wiederzusehen. Oh, eure Hände fühlen sich so gut an." Sie neigte ihren Kopf nach hinten und ich küsste ihren Hals. „Ich habe nur an euch gedacht. Zu euch zu kommen. Mit euch zusammen zu sein. Ich...ich brauche euch. Euch beide."

Da wurde sie forscher, gestärkt durch das Überwinden der Bedrohung, die Gefahr über sie gebracht hatte. Sie griff nach oben und machte sich an Masons Hemd zu schaffen. Ihre überwältigenden Emotionen verwandelten sich in wildes Verlangen und ihre Finger fummelten ungeschickt an ihm herum. „Bitte, ich brauche euch. Ich brauche euch beide. Macht, dass Palmer verschwindet. Nehmt mich."

Sie küsste eifrig Masons Brust, die sie entblößt hatte. „Ich weiß…ihr habt darauf gewartet…" Jede Pause zwischen ihren Worten war ein Kuss. „Ich brauche euch beide. Ich will voll und ganz euch beiden gehören."

Ich zog an Laurels Haaren, wodurch ich ihren Kopf dazu zwang, sich zu mir zu drehen. Es war nicht grob, aber auch nicht sanft. Ihre wilden Augen blickten mich an. Sie brauchte es. Sie brauchte jemanden, der die Führung übernahm und ihr dabei half, alles zu vergessen. Der sie dazu brachte, sich gehen zu lassen. Sie hatte sich um Palmer gekümmert und nun kümmerten wir uns um sie. „Zusammen? Du willst uns beide gleichzeitig aufnehmen, Schatz?"

Anstatt zu antworten, nahm sie meine Hand und führte sie zwischen ihre Schenkel, wobei meine Finger über ihre feuchte Spalte glitten. Sie war tropfnass und ich konnte ihre harte und pulsierende Klitoris spüren. Sie sah über ihre Schulter, nahm Masons Hand und brachte sie von hinten zwischen ihre Beine. Ein Keuchen entwich ihren Lippen, als Mason mit einem Finger über ihre sensible Knospe rieb.

Sie drückte ihre Hand durch meine Hose auf meinen Schwanz, aber ich konnte noch klar genug denken, um es ihr zu verbieten. „Du hast jetzt nicht das Kommando, Laurel, sondern deine Ehemänner. Wir entscheiden, wann und wie wir dich ficken." Ich nahm ihre Hand nicht weg, sondern krümmte einen Finger in ihre Öffnung, damit sie ihre Hand fallen ließ. Sie schloss ihre Augen und stöhnte.

Ihre Nippel wurden in Reaktion auf meine strengen Worte und die Berührung meines Fingers hart.

„Willst du, dass ich deinen Arsch mit meinem Schwanz

fülle?", fragte Mason, während er an ihrem Hals knabberte, wobei er eine Spur geröteter Haut hinterließ.

Laurel neigte ihren Kopf, gewährte Mason besseren Zugang und nickte mit dem Kopf.

„Dann sollten wir mal schauen, ob du bereit bist. Hoch aufs Bett, auf deine Hände und Knie, Arsch hoch in die Luft."

Mason machte für sie Platz und sie folgte unseren Anweisungen schnell, begab sich in die Mitte des Bettes auf ihre Knie, legte ihre Wange auf die Decke und richtete ihre grünen Augen auf uns. Es war die perfekte unterwürfige Stellung, ihre Pussy und ihr Arsch wurden perfekt zur Schau gestellt, wodurch sie uns zeigte, was uns gehörte. Ihre Schamlippen hatten das schönste Pink und waren leicht geöffnet, so dass ihr enger Kanal und helle Perle entblößt wurden. Der hübsche Fleck feuerroten Haares lag direkt darunter. Ihr Hintereingang zwinkerte uns zu und war immer noch mit einer Spur der glitschigen Salbe von unserem Spielchen heute Morgen bedeckt. So wie sie heute Morgen den Stöpsel aufgenommen hatte, wusste ich, dass sie bereit war, aber da Mason ihren Arsch erobern würde, würde er sich Zeit nehmen, um sicherzugehen, dass sie ihn aufnehmen konnte.

Ich zog hastig meine Kleider aus und genoss den Anblick von Laurels perfektem Körper. Ihre Brüste hingen schwer nach unten, die Nippel waren hart. Bei dem Gedanken daran, sie wieder zu schmecken, lief mir das Wasser im Mund zusammen. Mein Schwanz pulsierte und sehnte sich nach ihr. Mason sah mich an. Er nickte. Es war an der Zeit.

Ich setzte mich aufs Bett, mein Rücken lehnte am Kopfbrett und ich spreizte meine Beine so, dass sie auf jeder Seite von Laurels Schultern lagen. Sie schaute mich aus ihrer Position auf ihren Unterarmen an. Sie war so erregt, so bereit. Ich krümmte meinen Finger. „Komm her, Schatz."

Sie stemmte sich auf ihre Hände und krabbelte zu mir, wobei ihre Brüste unter ihr schwangen. Sie hielt nur wenige Zentimeter vor meinem steif werdenden Schwanz an. Ich ergriff den Schaft und streichelte die Länge hoch und runter, eine klare Flüssigkeit trat aus der Spitze. Nur ihren Mund so vor mir zu sehen, ihre Lippen feucht von ihrer Zunge, sorgte dafür, dass sich meine Hüften bewegten.

„Saug an meinem Schwanz, Schatz."

Sie blickte mich flüchtig an und neigte sich dann hinab zu meinem Schwanz. Sie leckte ihre Lippen, senkte ihren Kopf und leckte die breite Spitze sauber. Allerdings verweilte sie nicht dort, sondern nahm die gesamte Länge in ihren Mund. Bei dem heißen und feuchten Gefühl ihres Mundes stieß ich zischend meinen Atem aus. Ihre Zunge spielte mit der Spitze meines Schwanzes und glitt dann die Länge hoch und runter.

Ich sah, wie Mason das Gefäß mit der Salbe nahm und seine Finger hineintauchte, bevor er sie über ihren Arsch gleiten ließ. Da Laurels Kopf über meinen Schwanz gesenkt war, konnte ich sehen, was er tat. Ich sah dabei zu, wie er leicht einen Finger in sie steckte. Sie stöhnte mit meinem Schwanz im Mund und die Vibrationen veranlassten meine Hoden dazu, sich zusammenzuziehen.

„Sie hat mühelos einen Finger aufgenommen. Tief einatmen, Schatz, ich werde einen zweiten hinzufügen", wies Mason sie an.

Ich spürte ihren heißen Atem an meiner Faust, als sie einatmete und dann ausatmete. Mason führte den zweiten Finger neben dem ersten in sie ein und Laurel wackelte mit den Hüften. Sie stöhnte wieder um meinen Schwanz herum und ihre Augen weiteten sich, weil sie so gedehnt wurde.

„Himmel, Mason, ich werde es nicht lange aushalten, wenn sie weiterhin solche Geräusche macht." Ich atmete schwer und meine Hände ergriffen die Decke. Sie war so gut.

Ich sah, wie sich seine Finger spreizten, sie sogar noch weiter öffneten und dann bis zum ersten Knöchel in sie glitten. Mason blickte mich an.

„Sie ist bereit."

Ich umfasste ihre Wange mit einer Hand und hob ihren Kopf von meinem Schwanz. Ich rutschte auf dem Bett nach unten, so dass mein Kopf auf dem Kissen und ihr Gesicht direkt über mir war. „Steig auf und reite mich."

Sie sah nach unten zwischen uns auf meinen Schwanz, der direkt auf ihren Bauchnabel zeigte. Sie setzte ein Knie neben meine Hüfte, dann platzierte sie das andere, so dass sie rittlings auf meiner Taille saß. Langsam senkte sie sich auf meinen Schwanz und setzte sich direkt auf mich, so dass ich sie komplett füllte. Sie war eng und feucht und heiß und...perfekt. Da wollte ich sein, da gehörte ich hin.

„Brody, oh, du fühlst dich so gut an, aber ich will euch beide."

Mason beugte sich vor und küsste ihre Schulter.

„Und das wirst du bekommen. Genau jetzt."

16

AUREL

Das war genau das, was ich wollte, von meinen Männern umringt sein und wissen, dass sie mich wollten, mich brauchten und dass ich nicht mit meinen Gefühlen allein war. Dadurch, dass ich dem Tod ins Auge gesehen hatte, hatte ich erkannt, wie sehr ich Mason und Brody brauchte und ich wusste, mich beiden gleichzeitig hinzugeben, würde eine Bindung zwischen uns schaffen, die nicht gebrochen werden könnte. Ich war das fehlende Glied, das uns alle miteinander verband. Und als Brody mich an seine Brust zog und küsste, wusste ich, dass es an der Zeit war.

Seine Hände umfassten meinen Kopf und hielten mich genau da, wo er mich haben wollte, so dass seine Zunge mit meiner spielen konnte. Er knabberte an meiner Unterlippe und linderte dann das Brennen mit einem zärtlichen Kuss, wobei er die gesamte Zeit über seine Hüften kreisen ließ und mich füllte. Obwohl er nicht so tief in mich stoßen konnte, wie ich es in dieser Position gewohnt war, brachte mich die leichte Reibung bereits zum Stöhnen. Ich war so feucht, dass er sich leicht in mir bewegen konnte. Meine Klitoris rieb an ihm und es war eine langsame, sinnliche Folter. Selbst meine Nippel, die an seiner Brust rieben, waren empfindlich.

Ich spürte wie Masons große Hand meinen Po spreizte und wie die breite Spitze seines Schwanzes gegen mich drückte...genau da. Er rutschte ab, da sein Schwanz offensichtlich mit so viele Salbe bedeckt war. Sie waren beide so umsichtig, dachten an mich und kümmerten sich um mich. Da war das Wort...sich kümmern, genau wie Ann es gesagt hatte. Mason wollte mir nicht wehtun. Er wollte, dass ich spürte, wie gut es für uns alle war, wenn wir als Einheit fickten.

Sie hatten beide behauptet, dass es gut sein würde und ich konnte nichts anderes tun, als ihren Worten zu vertrauen. Er drückte seine Spitze wieder in mich und zog sie dann zurück. Dann drang er etwas fester in mich ein. Ich erinnerte mich daran, dass Mason gesagt hatte, ich solle ausatmen und nach hinten drücken. Ich machte beides und ließ meine Stirn an Brodys Brust ruhen, während ich nach hinten gegen Mason drückte. Sein Schwanz war breiter als alle Stöpsel oder seine Finger und ich begann mich weiter, weiter und immer weiter zu dehnen.

„Oh", stöhnte ich, weil es brannte und ich so unglaublich ausgedehnt wurde.

„Fast da, Schatz. Es ist so heiß, zu sehen, wie du für meinen Schwanz gedehnt wirst. Drück noch einmal nach hinten. Das ist es...ja. Oh, ich bin drin. Gott, du bist so eng."

Ich stöhnte, als die Spitze von Masons Schwanz durch den engen Muskelring drang, der sich gegen sein

Eindringen gewehrt hatte. Ich fühlte mich so offen, so gedehnt. Da auch Brodys Schwanz in mir war, war es sehr eng. Es brannte, diese intensive Dehnung, aber es fühlte sich auch...unglaublich gut an. Die Kombination fühlte sich ungefähr so an, wie wenn Mason an meinen Nippeln zog und zwickte, schmerzhaft dennoch so gut. Ich zuckte zuerst zusammen, aber als ich mich entspannte, wandelte es sich in etwas anderes, in mehr.

Masons Finger packten meinen Hintern, als er begann, sich zu bewegen. Langsam, sehr langsam stieß er nach vorne, zog sich dann wieder zurück. Brody bewegte ebenfalls seine Hüften, aber in die entgegengesetzte Richtung, so dass mich stets ein Schwanz füllte, während sich der andere zurückzog. Die Gefühle, die ihre Schwänze hervorriefen, waren überwältigend. Ich dachte an nichts anderes als daran, welche Gefühle diese Männer in mir entfachten. Meine Klitoris pulsierte, meine inneren Wände zogen sich um ihre beiden Schwänze zusammen. Meine Finger krallten sich an Masons Schultern fest, während ich auf seine verschwitzte Haut atmete. Dann biss ich ihn leicht, als Mason komplett in mich eindrang.

„Du gehörst uns, Laurel", verkündete Mason schweratmend mit rauer Stimme. Unsere Körper klebten aneinander, glitschig vom Schweiß und dennoch waren wir bereits eins. Ich war endlich mit beiden vereint. Ich wusste jetzt, dass sie genauso mir gehörten, wie ich ihnen gehörte.

„Sie ist so eng, Mason, ich halte es nicht lange aus", sagte Brody.

„Ihr Arsch erwürgt meinen Schwanz", knurrte Mason. „Bist du bereit, zu kommen, Schatz?"

Ich nickte gegen Brodys Brust.

„Gut, denn du wirst kommen, wie noch nie zuvor."

Mit diesem Versprechen begannen sie sich zu bewegen.

Mason zog seinen Schwanz heraus, während Brody seine Hüften nach oben stieß, so dass er gegen meine Gebärmutter stieß. Dann drang Mason langsam aber sicher in mich ein und füllte mich vollständig, während sich Brody zurückzog. Wieder und wieder bewegten sie sich auf diese Weise. Ich konnte nichts anderes tun, als zu fühlen. Ich konnte mich nicht bewegen, konnte nicht einmal mit den Hüften wackeln und dennoch stieg das Vergnügen immer weiter an. Ich hatte gedacht, dass es sich unglaublich angefühlt hatte, als sie mich zuvor hatten kommen lassen, aber es war nie wie dies gewesen. Das Gefühl, zwei Schwänze in mir zu spüren, war so intensiv, so überwältigend, dass ich mich nicht weiter an die Realität klammern konnte und losließ. Das Vergnügen überflutete mich so hart, so schnell, dass ich schrie. Meine Klitoris wurde durch jede Bewegung, die Brody machte, gerieben. Die Spitze seines Schwanzes drückte gegen unglaubliche Stellen in meiner Pussy und Mason erweckte Stellen tief in mir, von deren Existenz ich keine Ahnung gehabt hatte. Alles verband sich zu einem hellen Ball aus Flammen, der zerplatzte und in meinem ganzen Körper, von meinen Fingerspitzen bis in meine Zehenspitzen und überall dazwischen, explodierte.

Ich hörte, wie Brody stöhnte, als er seine Hüften stillhielt, sein Schwanz steckte tief in mir, die heißen Schübe seines Samens spritzten gegen meine Gebärmutter. Mason stieß noch ein letztes Mal in mich und drückte meine Hüften fast schmerzhaft, als er ausatmete, mich füllte und mich als die Seine markierte.

Ich lag bewegungslos und erschöpft auf Brodys glatter Brust, zu ausgelaugt, um mich zu bewegen. Ich konnte fühlen, wie ihre Schwänze in mir pulsierten, während sie wieder zu Atem kamen. Vorsichtig zog Mason seinen

Schwanz aus mir heraus und ich verzog das Gesicht, denn auch wenn er sanft gewesen war, so war ich doch gut erobert worden. Brody hob mich weit genug von seinem Körper, um mich von seinem verausgabten Schwanz zu ziehen und mich so neben seine Seite zu legen, dass ich seinen Arm als Kissen benutzte. Ihre Samen vermischten sich und tropften an meinen Schenkeln runter. Ich spürte Masons Hand an meiner Hüfte, während er meine Schulter küsste.

„Von dem Moment an, in dem wir dich gesehen haben, bestand nie auch nur die Frage, dass du zu uns gehörst, Laurel", sagte Mason sanft.

„Du magst vielleicht Zweifel gehabt haben, aber wir nicht", fügte Brody hinzu. „Kein bisschen."

Ich hob mein Kinn, um zu Brody hochzusehen. „Wie?"

Ich spürte, wie er mit den Schultern zuckte. „Es war Liebe auf den ersten Blick."

Ich war vorher so befriedigt gewesen, aber jetzt, füllte sich auch mein Herz. Ich konnte nicht mehr für diese beiden fühlen, als ich es in diesem Moment tat. Ich drehte mich, so dass ich auf meinem Rücken lag und zu beiden hochschauen konnte.

Mason nickte zustimmend mit dem Kopf. „Es war Schicksal, unsere entlaufene Braut."

Ich hatte darüber nachgedacht. Ich hatte mich hinaus in den Schneesturm gewagt mit dem Ziel, eine Stadt zu erreichen, aber irgendwie hatte ich mich so sehr verlaufen, dass ich die falsche Richtung eingeschlagen hatte und vor Mason und Brodys Haus gelandet war. Nicht vor Andrews und Roberts. Nicht vor einem Haus der anderen Männer. Es war Schicksal gewesen.

Sie hatten mich gefunden, nicht nur verloren im Schnee, sondern auch in meinem Inneren. Sie hatten mein wahres Ich entdeckt und liebten mich. Wollten mich. Schätzten mich.

Ich lächelte sie an, wusste, dass das alles der Wahrheit entsprach. „Ja. Ja, ihr habt Recht. Ich bin eure entlaufene Braut."

HOLEN SIE SICH IHR KOSTENLOSES BUCH!

TRAGEN SIE SICH IN MEINE E-MAIL LISTE EIN, UM ALS ERSTES VON NEUERSCHEINUNGEN, KOSTENLOSEN BÜCHERN, SONDERPREISEN UND ANDEREN ZUGABEN ZU ERFAHREN. SIE ERHALTEN EIN KOSTENLOSES BUCH FÜR IHRE ANMELDUNG! TRAGEN SIE SICH IN MEINE E-MAIL LISTE EIN, UM ALS ERSTES VON NEUERSCHEINUNGEN, KOSTENLOSEN BÜCHERN, SONDERPREISEN UND ANDEREN ZUGABEN ZU ERFAHREN. SIE ERHALTEN EIN KOSTENLOSES BUCH FÜR IHRE ANMELDUNG!

kostenlosecowboyromantik.com

ÜBER DIE AUTORIN

Vanessa Vale ist eine USA Today Bestseller Autorin von über 40 Büchern. Dazu zählen sexy Liebesromane, einschließlich ihrer bekannten historischen Liebesserie Bridgewater, und heißen zeitgenössischen Romanzen, bei denen dreiste Bad Boys, die sich nicht nur verlieben, sondern Hals über Kopf für jemanden fallen, die Hauptrollen spielen. Wenn sie nicht schreibt, genießt Vanessa den Wahnsinn zwei Jungs großzuziehen, findet heraus wie viele Mahlzeiten man mit einem Schnellkochtopf zubereiten kann und unterrichtet einen ziemlich guten Karatekurs. Auch wenn sie nicht so bewandert in Social Media ist wie ihre Kinder, so liebt sie es dennoch, mit ihren Lesern zu interagieren.

BookBub

www.vanessavaleauthor.com

HOLE DIR JETZT DEUTSCHE BÜCHER VON VANESSA VALE!

Du kannst sie bei folgenden Händlern kaufen:

Amazon.de
Apple
Weltbild
Thalia
Bücher
eBook.de
Hugendubel
Mayersche

www.ingramcontent.com/pod-product-compliance
Lightning Source LLC
LaVergne TN
LVHW011831060526
838200LV00053B/3974